베리베리 라즈베리와
거짓말쟁이 백작

베리베리 라즈베리와 거짓말쟁이 백작

초판 1쇄 찍은 날 | 2015년 2월 1일
초판 1쇄 펴낸 날 | 2015년 2월 10일

지은이 | 시라유키 마소호
그린이 | 아키나 논
옮긴이 | 김하나
펴낸이 | 예경원

편집책임 | 박우진
편집 | 오아현

펴낸곳 | 예원북스
등록번호 | 제396-2012-000132호
등록일자 | 2012. 7. 25
YRN | 제5-0004호

주소 | 경기도 고양시 일산동구 무궁화로 8-28 삼성메르헨하우스 712호 (우) 410-837
전화 | 031-819-9431 팩스 | 031-817-9432
http://blog.naver.com/ainandfin
E-mail | ainandfin@naver.com

ISBN 979-11-5630-617-7 03830

※ 파본은 구입하신 서점에서 교환하여 드립니다.
※ 저자와 협의하여 인지를 붙이지 않습니다.
※ 이 책은 예원북스와 Cosmic Publishing / NTT Solmare 와의 계약에 의해 출판된 것이므로 무단 전재 및 유포, 공유를 금합니다.
※ 이 도서의 국립중앙도서관 출판시도서목록(CIP)은 서지정보유통지원시스템 홈페이지(http://seoji.nl.go.kr)와 국가자료공동목록시스템(http://www.nl.go.kr/kolisnet)에서 이용하실 수 있습니다.

리유키 마소호 글
ㅏ키나는 그림 | 김하나 옮김

베리 베리 라즈베리와
거짓말쟁이 백작

● 마사
카마인 백작가의 메이드장.

● 라즈베리 파이
서커스단 공중그네타기 곡예사
애슐리의 여동생의 대역을 맡기
위해 숙녀 교육을 받는다.

베리 베리 라즈베리와
거짓말쟁이 백작

● 마이크로프트 애슐리
ᐸ카마인 로드 웨즐리
카마인 백작가의 당주.

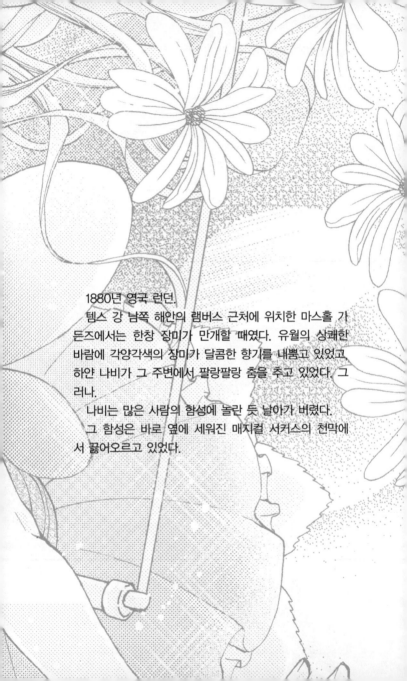

1880년 영국 런던.

템스 강 남쪽 해안의 램버스 근처에 위치한 마스홀 가든즈에서는 한창 장미가 만개할 때였다. 유월의 상쾌한 바람에 각양각색의 장미가 달콤한 향기를 내뿜고 있었고, 하얀 나비가 그 주변에서 팔랑팔랑 춤을 추고 있었다. 그러나.

나비는 많은 사람의 함성에 놀란 듯 날아가 버렸다.

그 함성은 바로 옆에 세워진 매지컬 서커스의 천막에서 끓어오르고 있었다.

1장 공중그네의 요정

"시안! 그 사람 왔어?"

"네 왕자님이라면 오늘도 왔어."

요정처럼 투명한 하늘색 날개를 단 소녀가 가볍게 뛰어왔다. 피에로 복장을 한 청년이 돌아보고 눈부신 듯 눈을 가늘게 떴다.

"보여줘!"

"얼굴 너무 내밀지 마, 라즈베리."

라즈베리라 불린 소녀는 틈 사이로 천막 안을 들여다보았다.

"이걸로 일주일 개근이네."

"그러게."

시안도 라즈베리의 곁에서 얼굴을 내밀었다.

두 사람은 관객석 한가운데, 가장 좋은 자리에 앉아 있는 금발 청년을 보고 있었다. 고급스러운 실크해트에 값비싼 천으로 짠 듯한 상의와 청결해 보이는 장갑, 구두도 언제나 거울처럼 닦여 있었다.

"그건 그렇고 귀족이 이런 서커스 천막에 매일같이 찾아올 줄이야."

시안은 천막 틈에서 얼굴을 뺐지만 라즈베리는 고개를 내밀고 여전히 들여다보고 있었다.

"날 만나러 온 거야."

"그럴까?"

"맞아, 늘 내가 하는 공중그네 묘기가 끝나면 돌아가잖아."

라즈베리는 매지컬 서커스단의 공중그네타기 곡예사로 관객들의 사랑을 듬뿍 받고 있었다. 관객 대부분이 그녀를 보러 온다고 해도 과언이 아니었다. 그 사실을 알고 있는 시안은 쓴웃음을 지으며 고개를 끄덕였다.

"뭐 생각은 자유니까."

이윽고 라즈베리가 천막의 틈을 닫았다. 그런 다음 한숨을 하아 내쉬고 하늘을 올려다보았다.

"언젠가 저런 사람이 꽃다발을 들고 나한테 프러포즈해

주면 좋을 텐데."

라즈베리는 진보랏빛 눈을 반짝이며 중얼거렸다.

"난 등에 커다란 리본이 달린 버슬 스타일(스커트 뒷부분을 부풀리는 스타일) 드레스를 입고 세인트 존 교회에서 영원한 사랑을 맹세할 거야. 결혼식엔 시안도 물론 초대할게."

"그거 참 영광이네. 하지만 네 망상은 늘 느닷없이 결말을 맺는구나."

"그야 프러포즈를 받으면 당연히 결혼식으로 이어지는 거지."

"상대가 어떤 사람인지도 모르는데?"

"귀족에 부자라면 난 어떤 사람이라도 괜찮아!"

"말도 안 돼."

시안은 아직 어린 주제에 마치 노인처럼 한숨을 내쉬었다.

"우리 공주님은 아직 어린애구나."

"어린애 아니야. 아기도 낳을 수 있다고."

"과연 그럴까."

시안은 그렇게 말한 뒤 라즈베리를 머리끝에서 발끝까지 훑어보았다.

아직 작은 몸집과 가냘픈 몸매, 그리고 은백색에 가까운 플래티나 블론드 빛을 띠는 머리칼은 자그마한 얼굴을 풍성하게 에워싸고 있었고, 이른 봄에 핀 제비꽃처럼 커다란 보랏빛 눈동자에는 생기가 넘쳤다. 또 윤기 나는 입술은 이름처럼 라즈베리레드 빛을 띠었다.

리젠트 파크에 핀 아네모네처럼 사랑스러웠다.

"라즈베리는 너무 말랐어. 살을 찌우는 편이 나을 거야. 가슴이 좀 더 컸으면 좋겠는데."

"네 취향 따윈 궁금하지 않거든."

"남자들 취향은 다 똑같아. 가슴 큰 여자를 좋아하지. 네 왕자님도 마찬가지일걸."

"저 사람은 그렇지 않을 거야!"

라즈베리가 때리는 시늉을 하자 시안은 웃으며 껑충 물러났다.

"라즈베리, 슬슬 준비해야지."

뒤에서 목소리가 들렸다. 금색 의상을 입은 여성이 외발자전거를 타고 있었다.

"네—에."

라즈베리는 발끝으로 빙글 돌아서 깡충거리며 그 자리를 떠났다.

"자, 여러분 주목해 주십시오. 아름다운 공중그네의 요정, 라즈베리 파이 양의 화려한 공중묘기입니다!"

피에로가 새된 목소리로 그녀를 소개하자 천막 안은 함성에 휩싸였다. 그 자리에 모인 남녀노소의 시선이 공중으로 향했다.

홀의 높은 곳에 호리호리한 소녀의 모습이 나타났다. 옅은 하늘색 날개가 등에 달려 있었고 짧은 핑크색 스커트 아래로 타이즈에 감싸인 다리가 뻗어 있었다.

소녀는 관객을 향해 우아하게 인사를 하고, 자신의 앞에 드리워진 작은 그네 판에 다리를 걸쳤다. 그러고는 숨을 한 번 내쉬었다.

'자아, 나를 봐요, 당신을 위해서 날게요.'

라즈베리는 관객석 중앙에 앉아 있는 금빛의 왕자님을 향해 중얼거렸다.

그리고 매지컬 서커스단의 간판스타 라즈베리 파이의 공중그네 묘기가 시작되었다.

'시작할게요.'

부응 하고 그네가 활 모양을 그렸다. 몇 번쯤 왕복한 후, 라즈베리의 몸이 아래로 빙그르 향했다.

와 하고 함성이 일은 그때, 라즈베리는 양쪽 다리를 굽혀서 그네에 거꾸로 매달려 있었다.

그런 다음 왼쪽 다리를 쭉 뻗었다. 라즈베리는 양손을 펼쳐서 관객들을 향해 손을 흔들어 함성에 답했다.

크게 흔들리던 그네가 봉에 닿았을 쯤에는 이미 그 위에 서 있었다.

관객들은 무아지경으로 박수를 쳤다.

라즈베리는 또다시 그네를 탔다. 이번에는 작은 그네 판 위에서 한쪽 다리로 서기도 했고 빙글빙글 돌기도 했으며 물구나무서기를 하기도 했다.

그리고 묘기의 마무리. 건너편에서 오는 그네를 향해 점 프.

둥둥둥둥둥…….

북소리가 관객들의 심장 고동을 부추기듯이 높아져 갔 다. 라즈베리는 그네를 한 번, 두 번, 세 번 밀었다, 그리 고—

멋지게 점프했다.

관객들이 기립했다. 라즈베리는 공중그네 위에서 관객 들에게 아낌없이 키스를 날렸다.

그 금발의 귀족 청년도 일어나 있었다. 라즈베리는 그를 향해 특별히 양손으로 키스를 가득 퍼부었다.

"라즈베리, 수고했어!"

"오늘도 최고였어!"

분장실에 돌아오자 동료들이 너 나 할 것 없이 말했다.

"고마워!"

라즈베리는 하늘색 날개를 팔랑거리며 그 안을 빠져나 갔다.

"라즈베리, 단장님이 불러."

작은 어릿광대가 껑충껑충 뛰어오르며 말을 걸었다. 라즈베리는 멈춰서 어릿광대를 향해 고개를 살짝 기울였다.

"단장님이? 무슨 일이지."

"포상일지도 모르잖아? 오늘은 유난히 더 멋졌으니까."

"진짜? 그럼 좋을 텐데!"

라즈베리는 폴짝폴짝 뛰면서 단장이 있는 천막으로 달려갔다.

"단장님, 나 왔어! 포상은 뭐야?"

천막을 힘껏 열어젖히고 들어간 라즈베리는 놀라서 몸이 굳어졌다.

눈앞에 금빛의 왕자님이 있었던 것이다!

실크해트를 벗은 그는 채광창을 통해 들어오는 햇살에 금발을 빛내고 있었다. 마치 그곳만이 빛의 홍수가 일어난 듯 보였다. 왕자님은 라즈베리를 보고 빙긋이 웃었다. 심장이 쿵쾅쿵쾅 크게 울렸고 몸이 두둥실 떠오르는 듯한 기분이 들었다…….

"오, 라즈. 때마침 왔구나. 오늘도 멋진 묘기였어."

단장이 양팔을 벌리고 라즈베리를 불렀다. 그녀는 겨우 정신을 차리고 조신하게 그의 곁으로 다가갔다.

단장이 그녀의 가느다란 몸을 안고 뺨에 입을 맞추었다. 라즈베리는 그사이에도 왕자님의 얼굴을 바라보고 있었다.

가까이에서 보는 왕자님은 정말 아름답고 기품 있는 얼굴에, 옷도 구두도 실크해트도…… 전부 빈틈이 없었다.

"라즈, 실은 네가 특별한 임무를 맡아주었으면 하는데."

"특별한 임무?"

라즈베리는 왕자님을 신경 쓰며 단장의 팔을 밀어제쳤다. 짧은 스커트를 입고 다리를 드러내 놓고 있다는 사실이 부끄러웠다. 그녀는 머뭇거리며 양쪽 무릎을 비볐다.

"그래, 두 달간 이분의 저택에 가줬으면 좋겠구나."

"뭐어?!"

라즈베리는 놀라며 청년을 바라보았다.

꽃다발을 들고 있는 그에게 프러포즈 받는다면…… 같은 꿈을 꾸고 있기는 했지만 현실이 되면 이야기는 달라진다.

라즈베리는 가슴에 손을 얹고 왕자님을 바라보았다.

"두 달간…… 저택이라니……. 무슨? 무슨 말이야?"

"두 달 동안 당신을 빌리고 싶습니다. 라즈베리 파이양."

청년이 나긋나긋한 목소리로 말했다. 처음 듣는 그의 목소리는 라즈베리가 여태껏 들어본 적이 없을 만큼 맑았다. 그리고 그 목소리는 그녀의 가슴 깊숙이 울려 퍼졌다.

'라즈베리 양?! 양이라고?'

지금까지 그렇게 불러준 사람이 있었던가. 다섯 살 무렵에 매지컬 서커스단에 들어온 이후로 늘 '꼬맹이'라든가

'사자머리'라든가 '슈거'라고만 불렸었는데.

'역시 멋져! 이 사람은 나의 왕자님이야.'

황홀해하는 라즈베리에게 젊은 신사가 손을 내밀었다.

"그럼, 라즈베리 양. 저와 함께 가주십시오."

흥분과 감동으로 머릿속이 하얗게 된 채 이끌리는 대로 고급 마차에 탄 라즈베리였지만, 삼십 분 정도 지나자 기분이 진정되었다.

눈앞에는 동경해 오던 금빛의 왕자님이 있었다. 그런 그가 손을 뻗으면 닿을 만큼 가까운 곳에 있었다.

마차에 탄 뒤로 그는 아직 한마디도 하지 않고 있었다. 따라서 라즈베리는 그가 자신을 왜 불러냈는지 알 수 없었다.

매지컬 서커스단은 귀족의 저택에 초청받아 쇼를 열기도 했지만, 길어야 일주일이었다. 단원 한 명을, 그것도 두 달간 초대하는 일은 전대미문이었다.

라즈베리는 청년을 물끄러미 바라보았다. 청년은 창을 향해 시선을 돌리고 있었기 때문에 그를 마음껏 바라볼 수 있었다. 아니, 눈을 뗄 수가 없었다.

'시안보다 연상인 것 같아. 키가 정말 크구나. 게다가 무척 잘생겼어. 눈은 초록빛이네. 얼굴형도 정말 예뻐. 입고 있는 옷은 상당히 고급인 것 같아. 날 어쩌려는 걸까. 듣던

대로 정부로 삼으려는 걸까.'

신부로 삼으리라고는 라즈베리도 역시 생각지 않았다. 시안에게 했던 말은 허황된 꿈이나 다름없었다. 현실에서는 어차피 정부나 잠자리 상대가 될 뿐이었다.

'내가 처녀란 걸 알면…… 잠자리에 부르지 않을지도 몰라.'

남자와 여자가 침대 위에서 무엇을 하는지 라즈베리는 자세히 알지 못했다. 연인끼리 서로 껴안고 키스를 하는 것은 본 적이 있다. 둘 다 황홀한 듯 기분이 좋은 것 같았다.

그렇게 서로 꼭 껴안고 머리를 쓰다듬어 준다면—그 사람이 눈앞에 있는 왕자님이라면 얼마나 기분이 좋을까!

"숙녀가 남자를 그렇게 쳐다보면 안 되지."

이윽고 시선을 돌린 청년이 웃음 지으며 말했다. 라즈베리는 눈을 깜박이며 황급히 시선을 바닥으로 떨어뜨렸다.

하지만 그것도 이 초 정도였다. 견딜 수 없어서 고개를 들자, 청년의 초록빛 눈동자와 마주쳤다.

"저, 저기."

"왜?"

"나, 나 아직 당신의 이름을 듣지 못했어."

"아, 그랬었나?"

"응! 게다가 내가 뭘 해야 하는지—당신이 나에게 뭘 할 건지도 듣지 못했어. 도대체 지금 난 어디로 가는 거야?"

"그렇지……."

청년은 라즈베리로부터 창문으로 고개를 돌렸다.

"이 마차는 하이드 파크로 향하고 있어."

"하이드 파크?"

"그곳에 저택 한 채를 준비했지. 아담하긴 하지만 네가 두 달간 지내야 할 곳이야."

"집? 지붕이 있는 집 말이야?"

"물론 그렇지. 지붕이 없는 집은 없잖아?"

"우린 늘 여행 중인걸. 들판에서 잘 때도 있어. 안락한 집 같은 건 없어."

"그것도 즐거울 것 같네."

"말도 안 돼!"

라즈베리는 몸을 앞으로 내밀었다.

"비를 맞으면 흠뻑 젖은 채 부들부들 떨어야 하는걸. 들개에게 쫓기기도 하고 경찰에게 맞은 적도 있어."

"흐음."

"그래도 여름밤에 볼 수 있는 별이랑 반딧불은 멋있어. 하지만 겨울은 절대 사양하고 싶어."

힘주어 말하는 라즈베리에게 청년 귀족은 부드럽게 웃음을 띠었다.

"괜찮아. 제대로 된 지붕도 있고, 깃털이불로 덮인 침대도 있으니까."

"깃털이불!"

라즈베리가 꺄아 하고 소리를 질렀다.

"정말? 한 번이라도 좋으니 깃털이불에 파묻혀 보고 싶었어!"

"스프링 침대에 빳빳하게 풀을 먹인 시트, 기분 좋은 향기가 나는 베개도 있지."

"아아, 멋져!"

양손을 모으고 황홀한 표정을 짓는 라즈베리를 청년은 즐거운 듯 바라보았다.

"내 이름은 애슐리야."

라즈베리는 흠칫 놀라며 청년을 바라보았다.

"애슐리?"

"그래, 마이크로프트 애슐리 카마인 로드 웨즐리…….
사람들은 웨즐리 경이나 마이크로프트라고 부르지만 넌 애슐리라고 부르도록 해."

"경…… 경이라고?! 그렇다면 당신은…….."

"웨즐리가는 대대로 백작 가문이야."

"배, 백작……!"

라즈베리는 정신을 잃을 것 같았다. 백작과 서커스 공중그네 곡예사가 말을 섞을 기회가 있을 리 없었다.

"나, 나는 대체 뭘…….."

"내 동생이 되어줬으면 좋겠어."

엄숙하게 맹세하듯이 애슐리가 말했다.

"응? 동생……?"

마차는 하얗게 칠해진 철책 문을 빠져나갔다. 양쪽으로 주목이 늘어선 거리를 나아가자 이윽고 파란 지붕을 얹은 새하얀 건물이 보였다.

"두 달간 지내게 될 비밀의 저택에 온 걸 환영해."

2장 허니서클 하우스

마이크로프트 애슐리는 '아담하다'고 했지만, 라즈베리에게는 성이나 마찬가지였다.

어엿한 탑도 있었고 저택의 문 앞에는 나이 든 메이드와 시종이 기다리고 있었다. 저택 전체를 휘감은 허니서클의 하얗고 노란 두 가지 색의 꽃은 달콤한 향기를 뿜어내고 있었다.

애슐리는 마차에서 내려 라즈베리에게 손을 내밀었다.

"혼자서 내릴 수 있어."

"숙녀는 조신하게 행동해야 해."

"난 숙녀가……."

"안 돼."

애슐리가 단호하게 말했다.

"이 저택에서 넌 숙녀로 지내야 하니까."

영문을 모른 채 라즈베리는 자그마한 손을, 하얀 장갑에 감싸인 애슐리의 손에 맡겼다.

애슐리가 손을 끌어당기자, 몸이 두둥실 떠올라서 땅에 내려섰다.

"뛰어내리면 안 돼."

"미, 미안."

"뭐 차근차근 익혀 나가야지."

애슐리는 손을 떼지 않은 채 라즈베리를 에스코트하여 메이드에게 데리고 갔다.

육십대 정도로 보이는, 흰머리가 섞인 검은 머리를 말아 올린 메이드는 가슴에 늘어뜨린 안경을 쓰고 라즈베리를 빤히 바라보았다.

"마사, 어때? 놀랐지."

"……그렇긴 한데 눈이 보라색이네요."

그 말을 듣고 라즈베리는 한 손으로 눈을 가렸다. 눈이 진보라색이면 뭔가 문제라도 있는 걸까.

"뭐어, 그건 어떻게든 할게. 그보다 이 아가씨를 욕실에 데리고 가서 씻겨줘."

"알겠습니다."

애슐리는 손을 뗐다.

"라즈베리 양, 이쪽은 메이드인 마사라고 해. 우리 집에서 오랫동안 메이드장을 맡아줬지. 은퇴하고 조용히 지내던 마사를 억지로 데려왔어. 네 주변 일을 돌봐줄 거야. 마사가 하는 말을 잘 들으면 넌 일류 숙녀가 될 수 있어."

"일류…… 숙녀?"

"나중에 다시 보도록 하지. 그럼 마사, 부탁할게."

그렇게 말하고 애슐리는 시종과 함께 먼저 저택으로 들어가 버렸다. 마사는 고개를 숙이고 배웅했다. 라즈베리는 조마조마한 마음으로 스커트를 움켜쥐었다.

"뭘 하고 계신가요?"

메이드가 돌아보며 날카롭게 말했다. 지금은 안경을 벗고 있었다. 안경은 털실로 짠 끈을 달아서 가슴에 늘어뜨려져 있었다.

"네? 네에?"

"스커트에서 손을 떼세요. 주름이 지니까요."

"아, 네! 죄송합니다…… 마사님."

메이드는 등을 살짝 젖혔다.

"'님'은 필요 없습니다. 마사라고 부르시면 됩니다."

"하, 하지만…… 난 이곳에 고용된 거잖아?"

"내가 아니라 저."

"저, 저는……."

말을 바로 고친 라즈베리에게 마사는 코로 한숨을 후욱 내쉬었다.

"조금 전에 주인님의 말씀 못 들으셨나요? 당신은 이곳에서 일류 숙녀가 되는 겁니다. 즉, 당신도 저의 주인님이 되는 거죠."

"으응?"

"……다만 지금의 당신은 숙녀도 아무것도 아니니까…… 우선 스커트에서 손을 떼고 얼른 저택으로 들어오세요."

"아, 네!"

라즈베리는 저택 안으로 뛰어 들어갔다.

부채꼴로 펼쳐져 현관 홀로 내려오는 계단을 올라가서, 적갈색 카펫을 밟고 나아가 문 세 개를 지나자 라즈베리의 방이 나왔다.

그 방 한가운데에서 라즈베리는 감동에 몸을 떨었다.

"침대다! 정말 깃털이불이야! 마사, 침대에 올라가도 돼?"

"목욕이 먼저입니다. 그 옷을 입은 채 침대에 들어가면 시트가 더러워질 테니까요."

"그, 그렇게 더럽지 않아."

"우선 옷을 벗으세요. 전 뜨거운 물을 받고 오겠습니다."

마사가 옆에 붙은 또 다른 방으로 사라지는 것을 보고, 라즈베리는 침대에 슬쩍 다가갔다.

"와아…… 새하얘……."

깃털이불은 풍선을 넣은 듯 부풀어 있었고 시트에서는 비누 향기가 났다. 베개에는 새틴을 씌웠는지 반들반들 빛이 났고, 침대 아래에는 실크 리본이 달린 슬리퍼까지 있었다.

"굉장해—"

시트에 손을 뻗은 라즈베리는 화들짝 놀랐다.

하얀 시트에 비해 자신의 손이 너무나도 지저분했기 때문이다. 손톱 끝에는 진흙이 껴있었고 손가락과 손등은 상처투성이였다.

"……정말이네. 이래서는 시트가 더러워지겠어."

라즈베리는 침대에 올라가기를 포기했다. 그 대신 방 안을 빙글 둘러보았다.

벽 쪽에 있는 화장대 위에 많은 화장품이 놓여 있었다.

창문가에는 정교하게 조각된 의자와 테이블이 있었고, 창에는 레이스 커튼이 드리워져 있었다.

"정말 여기에서 살아도 되는 건가?"

일류 숙녀가 되어서?

어떻게 된 일일까. 게다가 마차 안에서 들었던 말이 환청이 아니라면…….

"여동생이라니, 무슨 말일까?"

"아직도 옷을 안 벗으신 건가요?"

말소리가 들려오자 라즈베리는 움츠러들었다. 마사가 팔짱을 끼고 서 있었다.

"지금 벗을게."

허둥대며 등에 달린 단추를 풀고, 스커트를 걷어 올려서 머리 위로 벗었다. 원피스 안에는 천 조각을 덧댄 슈미즈를 입고 있었다.

"코르셋은 안 입으시나요?"

"응. 그런 걸 입으면 날아다닐 수 없으니까."

"네, 라고 말씀하세요."

"—네."

"그럼 이쪽으로 오세요."

마사의 뒤를 따라서 옆방에 가자 김이 나는 욕조가 준비되어 있었다. 지금까지 대야밖에 사용해 본 적 없던 라즈베리는 눈이 휘둥그레졌다.

"진짜 욕조다!"

"속옷을 벗고 여기에 들어가세요."

"나 혼자서 할 수 있어."

"저."

"저 혼자서 할 수 있어— 있어요."

"제가 도와드려야 손이 두 번 안 가고 끝날 겁니다. 빨리 벗으세요."

"응— 네."

초라한 슈미즈를 벗은 라즈베리는 갓 태어난 모습이 되었다. 풍성한 플래티나 블론드 머리칼이 온몸을 뒤덮고 있는 모습이 눈의 요정 같았지만, 늑골이 드러날 만큼 야윈 몸에는 시퍼런 멍이 들거나 상처가 잔뜩 나 있었다.

마사는 미간을 찡그리며 안경을 눈에 대고 라즈베리의 몸을 살폈다.

"그 상처와 멍은 어떻게 된 건가요?"

"아, 이거? 공중그네를 연습하던 중에 떨어지거나 동료와 싸우다가."

"떨어졌다고요?"

"응, 이 아니라, 네. 하지만 아래에 매트가 안전하게 깔려 있어. 이건 매트에서 튕겨져 나가서 의자에 박는 바람에 커다랗게 들었지만 이런 건 금방 나아."

라즈베리는 허리에 생긴 손바닥만한 멍을 문질렀다.

"말도 안 되는군요."

마사는 한숨을 쉬었다.

"말투도 그렇지만, 몸에 난 상처를 어떻게든 해야겠어요…… 우선 찜질을 하고 이것저것 많이 먹어야 할 것 같군요."

"많이 먹으면 무거워져서 날 수 없는걸."

"숙녀는 날지 않아도 괜찮아요."

라즈베리는 마사에게 이끌려서 작은 발이 달린 도자기 욕조에 몸을 담갔다. 마사가 등에 따듯한 물을 끼얹고 삼베로 박박 문지르기 시작했다.

이따금 비명이 이중창으로 방 안에 울려 퍼졌다.

"아 참, 이게 뭐예요! 이 때! 어쩜 이렇게 더러울 수가!"

"아얏! 아파, 마사!"

"가만히 있으세요. 어쩜 비누에서 거품이 나지 않을 수가 있지!"

"아야야얏!"

"아휴 참, 머리카락이 엉켜서 풀리질 않네요!"

"뜨거워, 뜨겁다고!"

"목욕물이 새까매진 것 좀 봐!"

하지만 이 비명도 굳게 닫힌 문밖으로는 전혀 들리지 않았다.

마이크로프트 애슐리 카마인 로드 웨즐리는 서재에서 서류 몇 장을 훑어보고 있었다. 그 서류는 그가 다스리는 웨즐리 영지에서 온 보고서로, 일그러진 그의 미간이 그다지 좋지 않은 소식이라는 것을 말하고 있었다.

노크 소리에 애슐리는 서류를 내려놓았다.

"들어오세요."

그 말과 동시에 문이 열렸고, 그곳에 빛이 비쳐드는 것 같았다.

애슐리는 눈을 깜박였다. 빛이라고 생각했던 것은 소녀의 플래티나 블론드 머리칼과 윤기 나는 살결이었다.

뒤이어 들어온 마사가 '어서' 하고 소녀를 재촉했다. 리본과 프릴, 레이스에 푹 파묻힌 소녀가 어색한 듯 무릎을 굽혀서 인사를 했다.

"오래…… 기다리셨습니다…… 애슐리님."

"호오……."

애슐리는 의자에서 일어나 책상을 돌아서 소녀의 앞에 섰다. 소녀는 아직 허리를 숙이고 있었다.

"라즈베리 양, 고개를 들어요."

"네."

소녀는 내밀고 있던 다리를 원상태로 돌리고 허리를 스윽 폈다. 하얗고 작은 얼굴에 화장도 옅게 한 상태였다. 서커스 천막에서 봤을 때는 아네모네처럼 사랑스러웠는데, 지금은 꽃잎으로 겹겹이 싸인 새하얀 장미 같았다.

마사가 자신의 지시대로 소녀를 단장한 듯했다. 버슬 스타일의 드레스에 몸을 감싼 모습은 어떻게 보아도 귀족 자녀로 보였다.

"응, 좋아. 훌륭해. 역시 마사로군."

"감사합니다."

마사는 웃음기 하나 없는 얼굴로 답했다. 라즈베리는 그 곁에서 무게를 측정당하는 시장의 소처럼 굳은 채 우두커니 서 있었다.

애슐리는 구불구불하게 말아서 늘어뜨린 플래티나 블론드 머리칼을 검지로 감아서 그 끝에 입을 맞추었다.

"라즈베리 양. 예쁘군. 정말 잘 어울려."

"정말? 나 너무 기뻐!"

라즈베리는 그 자리에서 빙그르르 돌았다.

"이렇게 멋진 드레스를 입은 건 처음이야! 게다가 지금 코르셋이랑 드로어즈(무릎 길이의 속바지)도 입고 있어! 드로어즈를 보는 건 처음이야!"

"라즈베리! 신사 분을 앞에 두고 그렇게 큰 소리로 말하면 안 돼요!"

마사가 얼굴이 새빨개진 채 말했다. 그 당시 드로어즈는 중산층 계급 이상의 여성들만이 입을 수 있었기 때문에 라즈베리로서는 처음 하는 경험일 수밖에 없었다.

"그런데 드레스가 조금 큰 것 같군. 이 아이는 조금 더 쪄야 할 것 같아."

"저도 그렇게 생각해요. 라즈베리는 체중이 부족합니다. 너무 말랐어요."

마사가 등 뒤에서 말했다. 그 말에 라즈베리는 겁을 먹은 듯 앙상한 손목을 숨겼다. 역시 가슴이 작아서는 안 되는

걸까.

"그럼, 네 임무를 알려주도록 하지."

"아, 역시 나 고용되는 거지?"

라즈베리는 안심한 듯 말했다.

"역시, 라는 건?"

"마사가 난 숙녀가 될 테니까 마사의 주인이 되는 거라고 해서."

"흐음, 그것도 틀린 말은 아니군."

"으응?"

애슐리는 라즈베리에게 의자에 앉기를 권했다. 팔걸이가 달린 크고 깊숙한 의자에 엉덩이부터 떨어지는 바람에 라즈베리의 다리가 버릇없이 공중에 뜨고 말았다. 마사의 미간이 흠칫 솟아올랐다.

"우선 임무의 대가 말인데, 두 달이라는 구속 기간과 힘든 과정이 될 공부에 대한 보수로 오십 파운드를 지급하도록 하지."

"오, 오십 파운드?"

라즈베리는 의자에서 벌떡 일어났다. 이 시대 중산계급의 월급이 사, 오 파운드라는 것을 고려하면 파격적인 가격이었다.

"할래! 뭐든지 할래! 공부 같은 거 잘 몰라도 공중그네 위에서 물구나무서기보다는 쉬운 거지?"

"뭐 그렇지. 난 억만금을 준다고 해도 그네 위에서 물구나무서기는 못 할 거야."

흥분하는 라즈베리를 손으로 저지하고 애슐리는 온화하게 말을 이어갔다.

"조금 전에 마차에서도 말했지만 넌 내 동생이 되어줘야 해."

"무슨 말인지 모르겠어."

천연덕스럽게 말하는 라즈베리를 보고서도 애슐리는 동요하지 않았다.

"나에게는 블루로즈라는 여동생이 있어."

"블루로즈……."

"너보다 한 살 많아. ……무사하다면 말이지."

"무사하다면…… 이라니?"

"행방불명이야."

애슐리는 시선을 아래로 깔았다. 온화해 보이던 그의 얼굴에 처음으로 고뇌의 그림자가 드리워졌다.

"두 달 전, 내가 통치하는 웨즐리에서 동생의 생일 파티가 열렸지. 어머니가 웨즐리 저택에 계셔. 어머니는 몸이 약해서 런던의 공기가 어머니의 폐에 좋지 않거든……. 그런데 파티가 끝난 이튿날 블루로즈가 자취를 감추었어."

"어디론가 놀러 간 게 아닐까?"

"저택 주변의 숲이나 영지 내부를 살폈지만 행방을 찾을 수 없었어."

애슐리는 고개를 저었다.

"세상 물정 모르는 아이야. 혼자서는 어디에도 갈 수 없을 텐데. 병약한 어머니에게는 이 사실을 알리지 못하고 숨겨 두었어."

광택이 나는 마호가니 책상에 허리를 기대고 애슐리는 라즈베리를 내려다보았다.

"두 달 후 이번에는 어머니의 생신 파티가 열릴 거야. 장소는 웨즐리."

"잠시만, 설마."

"블루로즈가 행방불명인 상태라면 어머니의 건강에도 영향을 끼치게 될 거야. 만약 동생을 찾지 못한다면, 네가 대역을 해줬으면 좋겠어."

애슐리는 몸을 굽히고 라즈베리의 손을 잡았다.

"블루로즈와 정말 닮은 네가."

"그, 그런 짓은!"

라즈베리는 자신의 방에 돌아와 침대 위에 쓰러져 엎드렸다. 탄력 넘치는 침대가 그녀의 몸을 부드럽게 감쌌다.

"……무리야."

시트에 얼굴을 파묻고 라즈베리는 중얼거렸다.

"두 달 만에 날 백작 영애로 만들겠다니. 어머니도 알아

챌 게 분명하잖아. 병약한 어머니의 심장을 멎게 할 셈이
야?"

손으로 매끄러운 시트를 스윽스윽 문질렀다.

"솔깃한 말에는 꿍꿍이가 있다고 시안이 종종 말했지.
이렇게 무서운 짓 난 못해……."

"무리입니다."

마사가 단호하게 말했지만 애슐리는 부드럽게 미소를 머
금고 있을 뿐이었다.

"확실히 얼굴은 블루로즈님과 닮았습니다. 눈 색깔과 머
리색을 속일 수 있다면 쏙 빼닮았겠지요. 하지만 저 아이가
두 달 만에 백작 영애가 될 수 있으리라고는."

마사는 천천히 고개를 한 번 저었다.

"생각할 수 없습니다. 템스 강이 말라붙는다고 해도 불
가능할 겁니다."

"나와 마사가 가르치면 될 거야."

"본성이라는 건 바꿀 수 없습니다, 주인님."

"도망쳐야지."

침대에서 몸을 일으킨 라즈베리는 창가로 달려갔다.

"웃기지 말라고 그래. 내가 백작 영애를 흉내 낼 수 있을
리가 없잖아."

라즈베리의 방은 삼 층이었다. 창문 밖으로 고개를 내밀고 주위를 둘러보자 아래에 장식용 차양이 있었다.

"때마침 잘됐어. 저쪽까지 내려가면…… 저기부터는 매달려서 뛰어내릴 수 있는 높이니까."

라즈베리는 침대에서 시트를 잡아당겨 태피터 원단의 커튼과 연결했다. 그리고 커튼의 끝을 창문 손잡이에 걸어서 시트를 아래로 늘어뜨렸다.

"침대에서 한번 자보고 싶었는데……."

창밖에 몸을 내민 후 서운한 듯이 침대를 바라보며 한숨을 쉬었다.

"하지만 다른 사람의 어머니를 속이는 건 싫은걸."

라즈베리는 그렇게 중얼거린 후 창틀을 힘차게 발로 찼다.

"전 역시 사모님께 사실을 알려야 한다고 생각합니다."

"자네는 내 어머니를 쓰러지게 할 셈인가?"

애슐리가 끈기 있게 계속 설득했지만, 마사는 갈수록 완고해졌다.

"나중에 사실을 알게 되시면 충격이 더 클 거라고 생각합니다."

"블루로즈는 반드시 찾아낼 거야. 최악의 상황이라도 생사만 확실하다면 그걸로 좋아. 죽었다면 적당한 이유를 대고 장례식을 치를 거네. 행방불명이라고 알려서 마음을 계속 아프게 하는 것보다는 그편이—"

애슐리는 말을 끊었다. 마사가 입을 떡 벌리고 있었기 때문이다.

"무슨 일인가? 마사."

"죄송합니다, 주인님."

마사가 고개를 번쩍 들어 올렸다.

"잠시 큰 소리를 내도 되겠습니까?"

"응?"

마사는 애슐리의 대답을 기다리지 않고 새된 소리를 질렀다.

"라즈베리! 내려오세요!"

애슐리가 돌아보자 창밖에 앙상한 다리가 대롱대롱 매달려 있었다.

애슐리의 팔에 안겨 있던 라즈베리는 서재의 카펫 위에 착지했다. 라즈베리의 방은 서재의 바로 위였던 것이다.

"말괄량이 양은 대체 어딜 가려고 했던 건가?"

애슐리와 마사의 눈앞에 서서 라즈베리는 고개를 숙였다.

"나, 나 돌아갈래. 역시 못하겠어."

"해보지 않고선 모르는 거잖아?"

"두 달 만에 백작 영애가 될 수 있을 리 없어."

"이 아이가 훨씬 잘 알고 있는 것 같군요."

마사의 말에 애슐리는 그녀를 살짝 노려보았다.

"라즈베리, 이 일은 너밖에 할 수 없어. 너도 태어났을 때부터 공중그네를 탈 수 있었던 건 아니잖아? 조금 전에도 공중그네에서 물구나무서기보다는 쉬울 거라고 했잖니."

"그, 그렇지만."

라즈베리는 풍성한 스커트를 꽉 움켜쥐었다.

"블루로즈의 어머니를 속이는 거잖아? 그런 거 너무 가여워. 만약 들키기라도 해서 어머니가 깜짝 놀라 돌아가시면 어떻게 해?"

애슐리는 눈을 살짝 크게 떴다. 마사도 눈썹을 흠칫 움직였다. 눈앞의 소녀는 필사적인 얼굴로 진보랏빛 눈에 눈물을 글썽이고 있었다.

"우리 엄마, 내가 다섯 살 때 돌아가셨어. 그래서 나 사십 실링에 서커스단에 팔렸어. 나……."

눈물 한 방울이 툭 하고 소녀의 얼굴에 굴러 떨어졌다.

"두 번 다시 엄마를 잃고 싶지 않아."

"……."

애슐리는 손을 뻗어 라즈베리의 머리에 얹었다.

"어머니를 걱정해 주는 거구나. 고마워. 라즈베리. 하지만 웨즐리의 공기가 어머니의 몸에 잘 맞아서 지금은 상태가 많이 좋아지셨어. 그래서 어머니에게 괜한 걱정을 끼치고 싶지 않은 거야."

"하지만."

"블루로즈가 행방불명되었다는 소식을 듣게 된다면 어머니는 오히려 쓰러지실 거야. 너밖에 도와줄 사람이 없어. 네 정체가 탄로 나지 않도록 나와 마사가 최선을 다해서 도울게. 부탁해, 라즈베리."

라즈베리는 스커트를 움켜쥔 채 고개를 숙였다.

"블루로즈의 엄마를 위한 일일까?"

"그래."

"내가 백작 영애가 될 수 있을 거라고 생각해?"

"물론!"

"오십 파운드도 받을 수 있어?"

"약속할게."

"그럼 해볼게."

라즈베리는 고개를 들었다. 진보랏빛 눈동자가 반짝반짝 빛나고 있었다.

"나, 블루로즈의 엄마와 오십 파운드를 위해서 노력할게."

"그럼 됐지, 마사?"

애슐리는 양손을 펼치고 마사를 돌아보았다.

"협조해 주게. 제발 부탁이니."

"알겠습니다."

마사는 마지못한 얼굴로 답했다.

"그럼 라즈베리."

마사는 팔짱을 낀 채 라즈베리를 불렀다.

"으응?"

"스커트에서 손을 떼세요!"

해가 저물고 저녁 식사 시간이 되기 전까지 라즈베리는 마사에게 언어 교정을 받았다. 내가 아닌 저, 응이 아닌 네, 엄마가 아닌 어머님. 그렇게 해서 안 되고 저렇게 해서 안 되며…… 혀를 차도 하품을 해서도 안 되며 한눈을 팔아서도 안 된다!

그런 다음 의자에 앉았다 일어나는 연습을 몇 십 번이고 반복했다.

저녁 식사를 하기 위해 수업이 끝날 무렵이 되자 라즈베리는 기진맥진한 상태가 되었다.

식당에 가니 애슐리가 기다리고 있었다. 수많은 양초가 세워진 기다란 테이블의 한가운데에 앉은 그는 라즈베리를 건너편에 앉게 했다.

"식사 예절은 내가 가르치도록 하지."

수업이 끝났다고 생각했던 라즈베리는 그 말에 진심으로

넌덜머리가 난다는 듯한 표정을 지었다. 그 표정을 본 애슐리가 웃었다.

"그렇게 엄격하게는 하지 않을 거야. 남을 불쾌하게 하지 않도록 신경만 쓰면 되니까."

"남을 불쾌하게 하지 않는다……."

"그래. 예절은 그러기 위한 약속이지. 우선 날 따라 하면서 익히도록 하렴."

라즈베리가 자리에 앉자 식사 시중을 드는 소녀가 주방에서 접시를 들고 왔다. 눈앞에 놓인 접시를 본 라즈베리가 느닷없이 괴상한 소리를 질렀다.

"와아! 이게 뭐야, 정말 예뻐!"

"오르되브르(전채요리)야. 우리 집 요리사는 프랑스에서 요리를 배웠거든. 보기에도 좋지만 맛은 더 좋아."

라즈베리가 오르되브르에 손을 뻗으려고 하자 뒤에서 헛기침 소리가 들렸다. 돌아보니 마사가 무서운 표정을 짓고 있었다. 라즈베리가 애슐리를 보자 그는 포크와 나이프를 손에 막 들던 참이었다. 라즈베리는 그가 하는 대로 서둘러 포크와 나이프를 양손에 잡았다.

"……맛있어!"

라즈베리는 음식을 입에 넣고 믿을 수 없다는 표정을 지었다.

"이거, 간 파테(고기나 간을 갈아 만드는 서양식 고기 페이스트)지? 내가 먹었던 거랑은 완전히 달라."

"마음에 들어?"

"정말 맛있어. 입에서 녹는 것 같아. 이런 요리를 시안에게 먹이면 입이 떡 벌어질지도 몰라."

"시안?"

"서커스에서 코끼리 곡예를 하고 있어. 가장 친한 친구야."

라즈베리는 파테를 먹은 다음, 장미꽃처럼 장식되어 있는 토마토에 달려들었다. 너무나도 예뻐서 나이프를 대는 것이 아까울 정도였다.

"다섯 살 때부터 서커스단에 있었던 거구나."

"응."

"서커스단에서 힘든 일도 많았겠지?"

라즈베리는 눈을 크게 끔벅이며 겸연쩍은 듯 웃었다.

"으음, 그거야 뭐. 하지만…… 어쩔 수 없어. 그곳에 들어온 이상 다들 그러니까. 그러지 않으면…… 열심히 하지 않으면 살아남기 힘든걸. 게다가 나 서커스단에서 생활하는 거 싫지 않았어."

"그랬군."

"만약 서커스단에 들어가지 않았다면 공중그네에서 점프도 하지 못했을걸. 그네에서 그네로 날아다니는 시간이 가장 좋아. 그때 날 바라보고 있는 모두의 숨결에 힘입어서 떠있는 거니까."

"라즈베리, 넌 시인이구나."

"아니, 난 공중그네 곡예사야."

전채요리 다음에는 완두콩 스프, 오렌지 소스를 곁들인 오리고기, 많은 빵과 과일 등으로 테이블 위는 탈바꿈해 갔다. 애슐리는 모든 요리를 설명했고 고기를 써는 법까지 꼼꼼하게 가르쳤다.

"라즈베리, 오리고기는 다 못 먹겠어?"

접시 위에 딱 절반을 남겨놓은 것을 보고 애슐리가 고개를 갸웃거렸다. 라즈베리는 조금 수줍은 표정으로 그를 올려다보았다.

"그게 아니야. 너무 맛있어서— 내일 몫으로 남겨 두고 싶어."

"……라즈베리."

애슐리는 웃으며 고개를 저었다.

"오리고기가 마음에 들면 내일도 차리도록 할게. 이건 네가 오늘 먹어야 하는 양이니까 전부 먹어도 돼."

"거짓말! 내일도 오리고기를 먹을 수 있는 거야?"

"물론이지."

"믿을 수 없어…… 귀족은 사치스러워. 이렇게 맛있는 음식을 매일 먹고도 벌을 안 받는구나."

"재밌는 말을 하네, 라즈베리."

"나 이렇게 맛있는 오리고기를 만들어준 요리사님께 감사 인사를 하고 싶어."

라즈베리는 덜컹하는 소리를 내며 의자에서 일어났다. 그 순간 뒤에서 마사의 헛기침소리가 들렸다. 마사는 구석에 마치 조각상처럼 서 있었다.

"아……."

라즈베리는 다시 앉은 뒤 이번에는 조용히 일어났다. 그러고 힐끔 돌아보며 마사의 눈치를 살폈다.

"일어나는 자세는 그걸로 됐지만, 주인님께서 식사를 마치고 나신 후에 하세요."

"네……."

라즈베리가 어깨를 축 늘어뜨렸다.

"요리사인 화이트 씨는 어디 도망가지 않아. 식사가 끝난 후에 인사를 드리렴."

애슐리가 자상하게 말하자 라즈베리는 고개를 들고 얼굴에 미소를 띄웠다.

열 시가 지날 무렵, 마사가 서재에 들어왔다. 애슐리가 근처에 있던 오일 램프의 불빛을 한층 더 밝히고 그녀를 올려다보았다.

"라즈베리는 어떤가?"

"저녁 식사가 끝난 후에도 흥분해 있어서 공부에 집중하지 못했습니다. 이런 기세라면 내일 아침이나 점심 식사 시간에도 소란스러울 듯하네요."

"뭐어 그럴 수밖에 없겠지."

애슐리는 쿡쿡 웃기 시작했다.

"우리는 신에게 벌을 받을 만큼 사치스러우니까."

"습득력은 좋은 것 같아요. 자세는 둘째 치고 말투는 어떻게든 형태를 갖추었습니다."

"서커스단에서 살아남기 위해 늘 노력해 온 아이니까."

"그렇더라도 전 저 아이를 블루로즈님의 대역으로 삼는 건 역시 반대입니다."

"주사위는 던져졌어."

애슐리는 깍지를 끼고 그 위에 턱을 올렸다.

"마사, 당신도 이미 공범이야. 우리가 할 수 있는 건 저 아이의 정체가 탄로 나지 않도록 하는 것뿐이야."

마사는 양손을 꽉 움켜쥐고 눈을 질끈 감았다.

"제발…… 신에게 벌을 받지 않기를……."

3장 나무 위의 댄스

아늑한 깃털이불에 둘러싸여 있었지만 라즈베리는 좀처럼 잠이 오지 않았다. 새로운 환경에 마음은 지쳐 있을 터인데도 말이다.

보드라운 베개에 얼굴을 파묻어도, 이불에 기어들어 가서 몸을 둥글게 말아도, 심장 고동은 가라앉지 않았고 눈은 말똥말똥해질 뿐이었다.

이불에서 얼굴을 내밀자 희미하게 방 안이 보였다.

"여기는 낯선 곳이야……."

생각해 보니 라즈베리는 지금까지 혼자서 잠을 잔 적이 없었다. 서커스단에서는 여러 명이 모여서 함께 담요를 덮고 잤기 때문이다. 오른쪽을 보아도 왼쪽으로 몸부림을 쳐도 늘 누군가가 있었고 다른 사람의 숨결이 뺨에 닿을 정도였다. 라즈베리는 불안하고 허전한 마음을 가눌 수 없었다.

'시안, 페퍼민트, 럭키 아저씨, 단테 씨, 벤자민……'

동료들의 이름을 주문처럼 읊어도 외로움은 더해갈 뿐이었다.

이 침대는 너무 넓어…….

라즈베리는 결심 끝에 일어나 침대에서 빠져나와 문을 살짝 열어 보았다.

긴 복도가 좌우로 뻗어 있었다. 닫힌 문들이 무리 지어 끝없이 이어지는 것만 같아서, 라즈베리는 오싹해졌다.

방으로 돌아온 그녀는 방 안을 이리저리 서성였다. 내일도 일찍부터 마사의 수업이 있을 터였다. 따라서 얼른 자야만 했다.

라즈베리는 커튼을 열고 창밖을 내다보았지만 캄캄해서 아무것도 보이지 않았다. 싫어…….

그런 그때, 왼쪽 아래가 어슴푸레하게 밝아 보였다. 라즈베리는 창문을 열고 몸을 내밀었다. 허니서클의 달콤한 향기가 물씬 풍겨왔다. 밤이 되면 향기가 한층 더 짙어지는 듯했다.

왼쪽 아래에 위치한 희미하게 밝은 곳…… 그곳에 테라스가 있는 것 같았다.

'누가 있는 걸까……'

잠시 이야기를 나누면 마음이 진정될지도 모른다.

라즈베리는 점심때와 마찬가지로 시트를 또다시 창문에 늘어뜨렸다.

땅에 내려와 불빛이 보이는 쪽으로 가자 이 층 테라스인 것 같았다. 테라스 위에 작은 테이블과 의자를 내놓고 애슐리가 술을 마시고 있었다. 커다란 잔에는 술이 담겨 있었다.

'애슐리님.'

애슐리는 여느 때와 같은 단정한 모습이 아니었다. 그는 잠옷에 가운을 걸친 채 의자에 가볍게 걸터앉아서 기다란 몸을 펴고, 잔에 양초의 불빛을 비추며 흔들리는 액체를 가만히 바라보고 있었다.

바람 한 점 없는 밤이었지만 하늘에 구름이 떠다니며 달빛을 감추었다가 다시 빛나게 하고 있었다. 그때마다 애슐리의 금발도 빛났다가 어둠에 잠겼다.

애슐리는 잔을 들어 술을 들이켜고 한숨을 깊이 내쉬었다.

그는 굉장히 슬픈 표정을 짓고 있었다.

라즈베리는 무심코 네글리제(원피스 형태의 여성용 잠옷)를 움켜쥐었다. 무엇이 애슐리를 슬프게 하는 걸까. 행방불명인 여동생 문제일까, 혹은 몸이 약한 어머니 문제일까. 아니면 다른 무언가가……?

라즈베리의 가슴에서 외로움이 사라지고, 애절함이 떠올랐다. 애슐리가 그런 표정을 짓지 않기를 바랐다. 그를 슬프게 하고 싶지 않았다. 그가 웃어준다면 무엇이든 할 텐데.

라즈베리는 테라스 옆에 커다란 나무가 서 있는 것을 알아차렸다. 나뭇가지가 테라스 쪽으로 뻗어 있었다.

'맞아.'

라즈베리는 고개를 끄덕이고, 그 나무를 향해 달려갔다.

애슐리는 테라스에 내놓은 자그마한 테이블 세트에 앉아서 와인을 마시고 있었다. 프랑스에서 공수한, 애슐리가 즐겨 마시는 와인이었다.

커다란 레드 와인용 잔에 따른 후, 잔을 빙글빙글 돌리며 그는 흔들리는 액체를 바라보고 있었다.

"……."

이 술에 한숨을 벌써 몇 번째 내뱉고 있는지 알 수 없었다. 와인에도 감정이 있다면 적당히 해달라고 비명을 지르고 있겠지.

갑자기 테라스 옆에 있는 나무가 바스락거리며 흔들렸다. 애슐리가 고개를 들자 테라스 건너편에 위치한 나뭇가지 위에 달의 요정이 서 있었다.

아니, 틀리다…….

"라즈베리?"

"아, 안녕하세요, 애슐리님."

나뭇가지 위에 선 라즈베리가 네글리제 자락을 끌어올리고 인사를 꾸벅 했다.

"안녕하세요, 라니? 어째서 거기에? 그리고 왜 이런 시간에?"

애슐리는 서둘러 와인 잔을 테이블 위에 놓았다.

"애슐리님께 라즈베리 스페셜을 전해 드리겠습니다!"

"라즈베리 스페셜?"

"네. 여기를 보세요. 지금 이곳에는 영국 최고의 공중그네 곡예사 라즈베리 파이가 있습니다. 지금부터 보여 드릴 연기가 마음에 드신다면 박수갈채를 부탁드립니다."

"라, 라즈베리!"

라즈베리는 양손을 위로 올리고, 왼발을 뒤로 쭉 뻗었다. 맨발이었다. 지금 그녀는 드로어즈도 입고 있지 않았다. 라즈베리는 진자처럼 다리를 흔든 후 앞으로 뻗어서 휙 하고 몸을 활처럼 휘어 젖혔고 양손으로 나뭇가지를 짚었다. 그러고는 양다리를 위로 가지런히 모은 채 뻗었다. 그녀는 허벅지 사이에 네글리제 자락을 능숙하게 끼워서 흘러내리지 않도록 하고 있었다.

"라즈베리, 위험해!"

라즈베리의 몸이 빙글 하고 회전하는 듯하더니 나뭇가지 위에 섰다. 그런 다음 그 자리에 발끝으로 서서 빙글빙글 돌기 시작했다. 애슐리는 저도 모르게 일어났다.

"그만둬, 라즈베리!"

라즈베리는 딱 멈추더니 이번에는 뒤로 뻗은 오른 다리를 구부려서 자신의 뒤통수에 갖다 붙인 후 나뭇가지를 흔들기 시작했다.

"라즈베리!"

라즈베리가 다리를 내리기가 무섭게 나뭇가지가 튕겨 올랐고 그녀의 몸은 부웅 하고 날아올랐다. 그런 다음 그녀는 한 바퀴 빙그르 돌아서 테라스 난간 위에 섰다.

"실례했습니다."

라즈베리가 우아하게 인사를 하자 일어서 있던 애슐리가 의자에 털썩 주저앉았다.

"……."

애슐리는 한숨을 내쉬고 손으로 눈가를 감쌌다. 고개를 든 라즈베리는 여전히 같은 자세를 취하고 있는 애슐리를 보자 곤란한 듯 머뭇거리기 시작했다.

"죄, 죄송해요. 저기, 애슐리님을 즐겁게 해드리고 싶어서……."

"……."

"죄송해요! 방으로 돌아갈게요!"

라즈베리가 난간에서 뛰어내리려는 순간, 짝짝짝 하고 손뼉을 치는 소리가 들렸다. 애슐리가 박수를 치고 있었다.

"……와아, 멋진 장면을 봤군. 십 년은 감수했지만."

"애슐리님……."

라즈베리는 안심하는 표정을 지으며 난간에서 뛰어내렸다. 네글리제 자락이 스르륵 하고 밤의 풍경에 펼쳐졌다.

"어떻게 여길 온 거야?"

"창문으로 왔어요."

"창문으로? 점심때처럼 매달려서?"

"네."

"……아무리 네가 공중그네 곡예사였다고 하지만 이렇게 어두울 때는 위험하잖아."

"괜찮아요. 전 밤눈이 밝거든요."

애슐리는 라즈베리의 모습을 살펴보았다. 하얀 네글리제 이곳저곳에 잎이 붙어 있었다. 삼 층에서 내려와 이곳에 도착할 때까지 온갖 수풀을 헤쳐 왔을 터였다. 게다가 하얀 발은 맨발이기도 했다.

"숙녀는 한밤중에 돌아다니면 안 돼."

"죄송해요…… 그런데…… 침대가 너무 넓어서……."

불안한 듯한 소녀의 얼굴을 보자 애슐리는 깨달았다.

"그렇지. 혼자 있기에는 외롭겠군."

"그, 그런 건 아니지만."

"낯선 곳에서 보내는 첫날밤이니 당연해. 조만간 익숙해지리라고 생각하지만—"

애슐리가 자신의 무릎을 두드렸다.

"의자가 하나밖에 없어. 여기에 앉으렴."

"네에? 아, 아니에요! 괜찮아요!"

라즈베리가 머리칼을 살랑살랑 흩뜨리며 고개를 저었다.

"맨발로 있기에는 테라스가 차가워. 괜찮으니까 이리 와."

애슐리가 거듭 말하자 라즈베리는 양손을 가슴 위로 모으고 꼬옥 잡았다. 어둠 속에서도 그녀의 얼굴이 빨갛게 물들었다는 사실을 알 수 있었다.

이윽고 라즈베리는 애슐리에게 머뭇거리며 다가가 그의 무릎 위에 걸터앉았다. 애슐리의 무릎은 예상외로 근육이 다부지게 붙어 있었다.

"무, 무겁지 않아요?"

"아니, 아무 느낌도 없어. 넌 조금 살이 찌는 편이 좋을 것 같아."

"살?"

라즈베리는 미간을 찡그리고 복잡한 표정을 지으며 고개를 숙였다. 마사도 체중을 늘려야 한다고 말했다.

"저, 그 말은 가, 가슴을 말하는 건가요?"

"응?"

"저, 저기, 시안이 말했어요. 난 마른데다 가슴도 너무 작다고. 시안은 가슴이 좀 더 큰 편이 좋대요. 남자는 다들 그렇다고 했어요. 애슐리님도 역시 그래요?"

애슐리는 웃음을 터뜨렸다.

"그야 취향은 다양하지만."

"나 지금은 이래도 조만간 어른이 되면 가슴에도 분명 살이 찔 거예요."

애슐리는 큭큭 웃으며 라즈베리의 허리에 손을 둘렀다.

"그거 기대되는데? 기다릴게."

그가 다른 한손으로 와인 잔을 들어서 라즈베리에게 내밀었다.

"술은 마실 수 있어?"

"어렸을 때부터 마셨어요. 근데 이건 뭐예요?"

"와인이야."

라즈베리는 고개를 저었다.

"와인은 좋아하지 않아요. 전에 마셨을 때 너무 시었거든요."

"이건 시지 않아. 프랑스 부르고뉴 와인이거든."

"네에?"

라즈베리는 커다란 잔을 양손으로 감싸고 조심스럽게 혀

를 내밀어 보았다.

"⋯⋯어머?"

"어때?"

"시지 않아요. 살짝 깊으면서도 달콤하고 ⋯⋯맛있어요. 게다가 향도 좋아요."

"샤토 와인이니까 맛있을 거야."

"샤토라는 건 뭐예요?"

"양조장을 뜻하는 말이야. 자신의 포도밭에서 딴 포도를 짠 후에 나무통에 담아서 발효시켜 와인을 만들지. 그리고 배에 실어서 오는 거야."

"포도밭⋯⋯."

"눈에 보이는 곳이 전부, 언덕이란 언덕은 모두 포도나무야. 한 번 본 적이 있어. 초록 바다처럼 바람에 잎이 나부끼고 공기에서는 포도 향기가 났지. 무척 아름다운 풍경이었어."

"⋯⋯."

먼 이국 풍경을 바라보던 애슐리는 라즈베리가 자신을 지그시 올려다보고 있다는 것을 알아차렸다.

"왜?"

"아."

라즈베리가 깜짝 놀라며 고개를 돌렸다. 그러고는 손에 들고 있던 잔을 입술에 갖다 댔다.

"애슐리님이…… 기운을 차린 것 같아 기뻐서요. 조금 전에는 무척 슬픈 표정을 짓고 있었으니까요."

"……아."

애슐리가 쓴웃음을 지었다.

"혹시 내가 슬퍼 보여서 그런 행동을?"

"네에? 아, 네."

라즈베리가 헤헤 하고 수줍게 웃음 지었다.

"내가 할 수 있는 거라곤 그 정도니까요. 내가 공중그네를 타거나 줄 위에서 춤을 추면 다들 웃으니까……."

"응, 넌 영국 제일의 공중그네 곡예사야."

애슐리가 그렇게 말하자 라즈베리는 기쁜 듯 웃음을 지었다. 그는 미소 지은 후, 라즈베리의 머리칼 한 줌을 손에 쥐었다.

"아까 전엔 반성하고 있었어."

"반성?"

"네가 커튼에 매달려 있었을 때 난 마사에게 심한 말을 하고 있었어. 블루로즈가 살아 있든 죽었든 상관없다고. 죽었다면 장례식을 치르면 끝이라고. 단 하나밖에 없는 여동생인데 어째서 난 이렇게 매정한 걸까."

"애슐리님……."

라즈베리는 테이블에 잔을 조심스레 내려놓고 머리칼에 닿은 애슐리의 손에 자신의 손을 포개었다.

"괜찮아요. 그건 거짓말이었다고 신에게 용서를 구하면 돼요. 신이 용서해 줄 거예요."

"그럴까."

"그럴 거예요. 나도 싸우거나 거짓말을 하면 곧바로 신에게 용서를 구해요. 죄송합니다, 이번에는 '없었던 일'로 해 주세요 라고. 그렇게 하면 신은 용서해 주세요."

애슐리는 포개어져 있는 라즈베리의 손을 보았다. 하얗고 자그마한 아이의 손. 옛날에 여동생의 손을 잡았을 때도 이렇게 작았다.

"신보다 너에게 용서를 구하고 싶어, 라즈베리. 넌 매정한 날 용서해 줄 수 있겠니?"

"나요?"

애슐리는 라즈베리의 손을 잡았다.

"신은 말로 답해주지 않으니까 말이야. 라즈베리, 용서하겠다고 말해줘. 블루로즈를 대신해서."

라즈베리는 조금 머뭇거리는 것 같았지만 이윽고 고개를 살짝 끄덕였다.

"용서해 줄게요. 애슐리님에 관한 일이라면 뭐든…… 전부."

"……고마워, 라즈베리."

애슐리는 라즈베리를 껴안고 그녀의 하얀 이마에 입을 맞추었다. 금세 얼굴이 붉어진 라즈베리는 서둘러 잔에 담긴 와인을 벌컥벌컥 들이켰다.

"그럼, 잘 자. 방에 바래다줄게."

"나—"

라즈베리는 탕 하고 테이블 위에 잔을 올려놓고 애슐리의 목에 팔을 둘렀다.

"나, 혼자서 침대에 돌아가기 싫어. 혼자서 자는 건 외로워……."

"갑자기 어리광쟁이가 된 거니, 라즈베리."

"혼자 두지 마."

애슐리가 자신의 뺨과 목에 닿은 라즈베리의 손과 얼굴이 뜨겁다는 사실을 알아차렸다. 테이블에 놓인 잔이 완전히 비어 있었다.

"라즈베리, 설마 취한 거야?"

"안 취했어."

라즈베리의 몸이 휘청거렸다. 애슐리가 서둘러 부축하지 않았더라면 플래티나 블론드 빛의 머리를 테이블에 박을 기세였다.

"라즈베리?"

"서커스 곡예사가 와인 정도로 취할 리가 없잖아."

라즈베리는 그렇게 말하고 깔깔대며 웃기 시작했다.

아아, 취했군, 이건 완전 주정이나 다름없어.

"어쩔 수 없지."

애슐리는 라즈베리를 안아 올렸다.

"오늘은 첫날밤이니 특별히 봐주지. 이런, 내일 아침에 마사에게 혼날 것 같군."

"마사 정말 싫어!"

애슐리의 품안에서 라즈베리가 버둥거렸다. 마치 팔딱팔딱 뛰는 생선을 안고 있는 것 같았다.

"알겠어, 알겠다고."

애슐리는 테라스에서 자신의 방으로 돌아와 침대에 라즈베리를 내려놓았다. 몸을 떼려고 하자 라즈베리가 그의 가운에 매달린 채 떨어지려고 하지 않았다.

"애슐리님, 가지 마……."

"장소가 장소인 만큼 무척이나 솔깃한 말이지만."

애슐리는 라즈베리의 곁에 몸을 뉘었다.

"역시 살이 좀 더 쪘더라면 좋았을 텐데."

머리를 자상하게 쓰다듬어 주고 있자 라즈베리는 이윽고 평온한 숨소리를 내기 시작했다. 입술을 몇 번인가 움직이며 음식을 먹는 듯 이를 뽀득뽀득 갈았다.

애슐리는 천진난만하게 자는 그녀의 얼굴을 보고 웃음 지으며 고개를 살짝 들어서 사이드 테이블에 놓인 촛불을 껐다.

4장 어두운 폭풍의 밤

"주인님! 마이크로프트님!"

문을 똑똑 두드리는 소리에 마이크로프트 애슐리는 잠에서 깼다. 베개 밑에 놓인 시계를 보자 기상 시간치고는 아직 너무 일렀다.

애슐리는 하품을 하며 침대에서 내려와 문을 열었다. 밖에는 마사가 얼굴이 새파랗게 질린 채 서 있었다.

"잘 잤어, 마사."

"주인님! 어쩌면 좋을까요? 라즈베리가 사라졌습니다."

"아아……."

"아침에 깨우러 갔더니 침대는 텅텅 비어 있고 시트가

창문 아래로 늘어뜨려져 있었어요! 밤중에 도망간 게 틀림없습니다!"

"아, 저기, 마사."

마사는 양손을 움켜쥐고 위아래로 휘둘렀다.

"역시 그런 아이가 중요한 역할을 맡는 건 무리였어요. 지금쯤 이곳저곳에서 지껄이고 있을 거예요. 카마인가의 아가씨가 행방불명이라고! 백작가의 스캔들이 될 겁니다!"

"나, 그런 말 안 퍼뜨려!"

애슐리의 등 뒤에서 새된 소리가 울려 퍼졌다. 애슐리는 한숨을 쉬며 얼굴을 감쌌다.

"뭐, 뭐, 뭐……."

마사가 가슴에 늘어뜨린 안경을 얼굴에 대고 얼굴이 시뻘게진 채 외쳤다.

"거기서 뭐 하는 겁니까! 라즈베리!"

라즈베리는 애슐리의 침대 위에 떡하니 버티고 서 있었다. 화가 난 나머지 이쪽도 얼굴이 시뻘게져 있었다.

"나, 내가 일단 맡은 일이라면 내팽개치지 않아!"

"어째서 당신이 주인님의 침대에 있는 건가요!"

"아무리 힘든 공중그네타기라도 해냈다고! 그 말 취소해!"

"게다가 그 차림! 대체 무슨 생각을 하고 있나요! 주인님! 설명해 주세요. 대체 이 아이와 무얼……."

"실례."

애슐리가 마사의 눈앞에서 문을 닫았다.

"주인님?!"

"미안해, 마사. 나 아직 잠이 덜 깨서…… 그런 복잡한 이야기는 아침 식사 때 하도록 하지."

애슐리는 마사가 똑똑 두드리는 문을 등에 지고 그렇게 말하며 라즈베리를 향해 윙크했다.

애슐리님과 한 침대에서 잠들고 말았다!

마사가 눈앞에서 고함을 꽥꽥 지르고 있었지만 라즈베리는 무시했다.

이건 연인 사이가 되었다는 뜻일까? 하지만 난 지금 블루로즈님의 역할을 대신해야 한다. 즉, 애슐리님의 동생인 것이다. 동생이자 연인 사이란 건 대체 무슨 뜻일까. 아, 혹시 낮에는 동생, 밤에는 연인이 되어야 하는 걸까?

"듣고 있나요?! 라즈베리!"

"……네—에."

마사는 한숨을 길게 내쉬었다.

"어쨌든 두 번 다시 외롭다는 말로 도련님의 침실에 몰래 숨어들지 않도록 하세요!"

"……애슐리님이 부를 때는 어떻게 하면 돼?"

"그럴 일은, 없, 을, 겁, 니, 다!"

"마사는……."

"뭔가요?"

"질투하는 거야?"

"인사 연습 오십 번!"

애슐리는 허니서클 하우스에만 있는 것은 아니었다. 원래 살고 있는 곳은 이스트엔드에 있는 호화롭고 유서 깊은 저택이었다. 애슐리는 열아홉에 대를 이어 카마인가의 당주가 된 이후로, 웨즐리 영지를 통치하며 새로운 사업을 운영하고 있었다.

새로운 사업은 동양의 미술품을 다루는 일로, 안목 있는 감정사 열 명을 고용하여 중국, 태국, 인도, 심지어 일본에까지 미술품을 구매하러 가고 있었다.

사업이라고는 하지만 돈을 들인 만큼 벌어들이진 못하여, 일가친척들에게는 도락거리로 여겨지고 있었다. 그 외에도 한 가지 더 벌인 사업이 있지만, 그쪽은 지금 중단된 상태였다.

애슐리가 미술품 수입과 관련된 일로 시청에 다녀오던 길에 오손즈 클럽에 들렀을 때였다. 오손즈 클럽은 유서 깊은 모임으로 상류층 신사들이 시가와 와인으로 여유를 즐기며 사교계의 뒷이야기로 꽃을 피우는 장소였다.

"마이크로프트!"

그의 오랜 친구인 존슨 스텝코드가 소파 안쪽에서 말을 걸었다. 동물원의 곰처럼 덩치가 큰 사내였다.

"오랜만이네, 마이크로프트. 최근엔 클럽에 얼굴을 비치지 않더군."

"아, 여러 가지 일로 바빠서 말이지."

"웨즐리 경은 금광을 파내느라 바빴겠지."

비아냥대는 웃음소리와 함께 걸려온 말에 애슐리는 뒤를 돌아보았다.

"이거 호니 경. 오랜만입니다."

클라이브 아치볼트 로드 호니가 자신의 자랑거리인 수염을 쓰다듬으며 서 있었다. 안타깝게도 물고기 같은 그의 얼굴과 수염은 어울리지 않았다.

"어떤가, 아프리카에서 금은 나왔는가?"

"채굴은 하루아침에 결과가 나오는 게 아닙니다."

"자넨, 친구의 말에 넘어가서 꽤 투자를 했다고 하더군. 투자액이 엄청나다고 들었네."

"……그렇습니다만."

와자지껄하게 이야기꽃을 피우던 공간이 점차 조용해졌다. 주변에 있던 신사들이 흥미로운 듯 자신들을 바라보고 있다는 것을 애슐리는 알아차렸다.

"그 투자는 유서 깊은 카마인가의 재정 상태에도 압박을 가하고 있지 않은가?"

"걱정해 주시는 건 감사드립니다. 하지만 캠벨은 지질학에 재능이 있습니다. 그가 계속된 광맥의 연구로 확신을 가지고 있었기 때문에 투자를 한 것입니다."

"사기꾼을 믿고서 거금을 버렸다는 건가?"

애슐리는 소파에 세워 놓았던 지팡이를 움켜쥐었다.

"스테판 캠벨은 제 친구입니다. 그 친구를 사기꾼이라고 부르는 것은 흘려들을 수 없군요."

"마이크로프트."

존슨이 애슐리의 팔을 잡아끌었다.

"약속 시간이 다 됐군, 가도록 하지."

"존슨, 놓게!"

"됐으니까 따라와! 실례합니다, 호니 경."

존슨은 그의 굵은 팔을 호니 경에게 내밀고, 두꺼운 눈썹 아래의 눈으로 힐끔 노려보았다.

"클럽에서는 즐겁게 이야기를 나눌 수 있도록 신경 써주셨으면 좋겠군요."

그러고는 질질 끌다시피 하여 애슐리를 클럽에서 데리고 나왔다. 그는 길거리에 나오자 애슐리의 실크해트를 눈까지 눌러 덮었다.

"아치볼트는 자넬 화나게 해서 스캔들을 만들어 금광 사업을 망치려는 걸세. 그런 수에 넘어가지 말게."

"친구를 모욕했다고!"

존슨은 진정하라고 말하며 큰 손으로 애슐리의 어깨를 감쌌다.

"스테판은 내 친구이기도 하네. 자네 기분은 이해해. 하지만 연락이 없는 건 사실이야. 이미 반년이나 지났다고."

"금광이 그리 쉽게 발견되는 건 아니잖나."

애슐리는 지팡이로 돌계단을 탁 하고 두드렸다.

"……하지만 자네에게도 거금을 내게 했으니…… 미안하게 생각하고 있네."

"자네가 사과할 일이 아니야. 난 자네와 스테판에게서 꿈을 보았네. 꿈은 아직 계속 보이고 있네. 포기하지 않았어."

존슨이 애슐리의 어깨를 토닥였고, 둘은 걷기 시작했다.

"어머님의 건강은 어떠신가?"

"무소식이 희소식이지. 최근엔 안정기에 접어들었어."

"그거 참 다행이군. 블루로즈 양은 잘 지내나?"

"블루로즈 말인가."

애슐리의 입술에 문득 웃음이 떠올랐다.

"아아, 무척이나 건강하다네. 나무 위에서 춤을 출 정도지."

"하하하, 그거 다행이군."

존슨은 실크해트의 챙을 올리고 애슐리를 들여다보았다.

"그렇게 웃는 모습을 보니 걱정할 필요가 없겠군. 스테판을 믿고 기다려보세. 우리의 꿈을."

"응······."

애슐리는 런던의 하늘을 올려다보았다. 낮게 깔린 무거운 잿빛 구름이 비를 쏟을 것 같았다.

"돌아오셨습니까, 주인님."

홀에 마중을 나온 마사는 애슐리에게서 실크해트와 지팡이를 받아들었다.

"오늘은 이스트엔드에 돌아갈 예정이지 않으셨습니까?"

"그럴 생각이었어."

애슐리는 고개를 들어서 홀과 이어지는 계단을 올려다보았다. 이층 난간에서 이쪽을 들여다보는 하얀 얼굴을 보고 그는 웃음을 띠었다.

"애슐리님! 다녀오셨어요!"

라즈베리가 손을 흔들었다. 애슐리도 손을 작게 흔들어 답했다.

"라즈베리! 이 층에서 말을 거는 건 단정치 못한 행동이에요!"

마사가 야단을 치자 라즈베리는 혀를 빼꼼 내밀었다. 이를 본 마사는 또다시 핏대를 시퍼렇게 세웠다.

"라즈베리!"

"진정해, 마사. 예절 교육도 하루아침에는 무리니까."

"도?"

"아니, 아무것도 아니네."

애슐리가 이 층에 올라가자 라즈베리가 우아하게 인사를 했다.

"애슐리님, 돌아오셨습니까."

"아, 많이 늘었군."

"오늘 하루 종일 이것만 했는걸! 머리에 피가 거꾸로 솟는 것 같아!"

"하하하."

애슐리가 즐거운 듯 웃었다. 오손즈 클럽에서 있었던 기분 나쁜 일도 라즈베리의 웃는 얼굴 앞에서는 사라지고 말았다.

저녁 무렵에 예상했던 대로, 밤이 되자 비가 내렸다. 더군다나 바람까지 합세하여 기세가 심해진 탓에 폭풍이라고 해도 무방할 정도였다.

창문을 탁탁 두드리는 것은 바람에 부러진 작은 나뭇가지일까. 이따금 양동이로 물을 끼얹는 듯 굉장히 큰 빗소리가 들렸다.

창문 유리가 탕 하고 몇 번쯤 큰 소리를 내자 애슐리는 서명을 하고 있던 서류에서 고개를 들었다.

"폭풍이 심해졌군……."

애슐리는 침대 안에 있을 라즈베리가 비바람을 무서워하고 있지 않을까 생각했다.

휘이이잉 하고 바람이 휘몰아쳤고, 흐느껴 우는 듯한 소리가 들렸다. 물론 잘못 들은 것일 테지만 말이다.

애슐리는 근처에 놓여 있던 오일 램프를 들고 일어섰다.

삼 층에 올라가서 라즈베리의 방문을 두드렸다. 귀를 기울였지만 안에서 일어나는 듯한 기척은 없었다.

"라즈베리……?"

다시 한 번 더 조심스럽게 노크를 하고 잠시 기다려 보았지만 역시 대답이 없었다. 혹시 폭풍이 이 정도로 심해지기 전에 잠들었을지도 모른다.

애슐리는 갑자기, 자신이 한밤중에 여성의 방에 찾아오는, 에티켓에 어긋나는 짓을 저지르고 있다는 사실을 깨달았다. 지금까지 알아차리지 못했다는 것이 의아했다.

애슐리는 그런 자신이 어처구니가 없어, 서둘러 그 자리에서 벗어나려고 했다. 하지만 그때—

문이 살짝 열렸다.

그리고 틈 사이로 라즈베리의 하얀 얼굴이 들여다보였다.

"아—"

어떻게 변명을 해야 할지 애슐리는 망설였다. 라즈베리가 걱정이 되었던 것은 사실이지만, 한밤중에 찾아온 것은 비상식적이었다. 하지만.

"⋯⋯앗!"

문이 힘차게 열리고 라즈베리가 복도로 뛰어 나왔다. 그리고 라즈베리는 애슐리의 가운에 얼굴을 파묻었다.

"⋯⋯라즈베리!"

가냘픈 어깨가 떨리고 있었다, 싸늘하고 차갑게. 그녀가 잠들어 있지 않았다는 사실을 알 수 있었다.

"라즈베리, 괜찮아. 비바람일 뿐이야. 무서워하지 않아도 괜찮아."

애슐리는 라즈베리의 어깨를 감싸서 방 안으로 이끌었다.

애슐리는 라즈베리를 침대에 앉혔지만 그녀는 여전히 그에게 매달려 있었다. 그는 오일램프를 사이드 테이블에 놓은 뒤, 한손으로 그녀의 어깨를 감쌌고 다른 한손은 자신의 가운을 움켜쥔 채 놓으려 하지 않는 작은 손에 얹었다.

"손이 차가워."

아이를 어르듯이 어깨를 잠시 다독이자, 이윽고 라즈베리가 얼굴을 뗐다. 머뭇거리며 들어 올린 눈가가 새빨개져 있었다. 침대 안에서 계속 울고 있었던 걸까.

"걱정이 돼서 왔어."

"고마워……."

라즈베리가 작은 소리로 답했다.

"신경 쓰지 않아도 괜찮아. 블루로즈도 어릴 적에 폭풍이나 천둥을 무서워했으니까."

그렇다, 동생이라면 걱정이 되어 한밤중에 침실에 찾아가서 달래주어도 문제가 될 게 없다.

"요즘 같은 시기에 이런 폭풍은 드문 일이지. 익숙하지 않은 환경이라면 무서운 게 당연해."

"난, 폭풍이 싫어."

라즈베리가 양손으로 자신의 팔을 감싸 안았다.

"엄마가 세상을 떠나고…… 이웃이 장례를 치러줬던 밤에도 이런 폭풍이……."

"다섯 살이었다고 했던가."

"응……."

"아버지는?"

"아빠는 태어났을 때부터 없었어."

"그럼 그날 밤엔 혼자서?"

"응……."

라즈베리는 쓰윽 움츠러들었다.

"정말 슬프고 무서웠어. 세상에 나만 남은 것 같았거든. 엄마랑 함께 무덤에 들어가고 싶었어. 서커스단에 들어간

이후로는 모두가 있어서 참을 수 있었지만……."

"그랬군."

비와 바람이 울부짖는 캄캄한 밤에 자그마한 라즈베리가 웅크리고서 귀를 막고 있다. 그런 모습이 애슐리의 머릿속에 떠올랐다.

"제멋대로인 나 때문에…… 동료들과 떨어지게 돼서 미안해……."

애슐리가 그렇게 중얼거리자 라즈베리는 놀란 듯한 얼굴로 올려다보았다.

"그렇지 않아! 내가 하겠다고 한 일이야. 오십 파운드가 갖고 싶었으니까. 동료들과 떨어져서 지내야 하는 것도 알고 있었는데…… 이런 일로 걸핏하면 우는 내가 의지가 약한 거야."

"라즈베리……."

라즈베리는 진보랏빛 눈동자로 애슐리를 지그시 바라보았다.

"애슐리님은…… 어째서 그렇게 슬픈 표정을 짓는 거야?"

"슬픈 것 같아? 내가?"

애슐리는 자신의 얼굴에 손을 가져다 댔다.

"어제도 그랬어. 애슐리님이 기운을 차릴 수만 있다면 난 나무 위에서 또 물구나무서기를 할 거야. 뭐든지 할 테야."

"나무 위에서 물구나무서기는 자제해 줘."

애슐리가 쓴웃음을 지었다. 그 얼굴을 보고 라즈베리는 마음을 놓았다는 듯 입술에 웃음을 띠었다.

"라즈베리, 부탁이 있어."

"뭐? 나, 뭐든지 할게."

"날 용서하겠다고 말해 줄래?"

"응? 뭘……."

"네가 어제 말해 줬지. 내 모든 걸 용서하겠다고. 그 말을 한 번 더 해줄 수 있을까?"

라즈베리는 망설이는 표정으로 애슐리를 올려다보았다. 애슐리는 당연하다고 생각했다. 라즈베리는 진실을 알지 못한다. 앞으로 자신이 그녀에게 더욱 가혹한 짓을 강요할지도 모른다는 사실을.

동생을 대신하여, 그것뿐만이 아니었다. 그녀의 인생을 전부 빼앗을지도 모른다.

하지만 라즈베리는 답했다.

"용서할게. 나 애슐리님에 관한 일은 언제든 전부."

"……라즈베리, 고마워."

가슴속에서 그녀를 향한 애정이 솟구쳤다. 그러한 충동에 이끌린 채 애슐리는 라즈베리의 가냘픈 몸을 껴안았다.

"애, 애슐리…… 님……."

애슐리는 네글리제를 통해서도 라즈베리의 몸이 달아올

랐다는 사실을 알 수 있었다.

동생이 아니다, 여기에 있는 사람은 무지한 데다 어리석고 단순한 소녀다. 자신을 전적으로 신뢰하는 순진무구한 소녀. 품안에서 부서질 듯한 가느다란 몸매, 달콤한 향기, 옷 너머로 느낄 수 있는 두 개의 봉오리― 애슐리의 내부에 창밖에서 부는 폭풍과 흡사한 욕망이 순간적으로 솟구쳤다. 하지만.

애슐리는 뿌리치듯 몸을 떨어뜨렸다.

"……미안해."

"아니야, 애슐리님― 아니야."

라즈베리는 무언가 말하고 싶지만 말할 수 없는 듯, 답답한 표정을 지었다.

창밖의 바람 소리도 어느 정도 잦아들었다.

"이제 혼자서 잘 수 있지?"

"……응."

라즈베리가 침대에 들어가자 애슐리는 이불을 덮어주었다. 굿나잇 키스를 하려고 고개를 숙이던 그때, 방문을 작게 노크하는 소리가 들렸다.

애슐리와 라즈베리는 깜짝 놀라서 몸이 굳었다. 상황을 살피고 있자니 노크 소리를 끝으로 방에는 아무도 들어오지 않았다.

"……아마도 마사인가 보군."

애슐리가 속삭였다.

"네가 겁을 먹은 건 아닌지 걱정하는 거겠지."

"설마 그럴까."

"그리 보여도 마사는 꽤 자상한 사람이야."

"애슐리님이 그렇게 말한다면 믿을게."

"착하군."

애슐리는 라즈베리의 하얀 이마에 다시 입을 맞추었다. 여동생을 향한 키스. 그렇다— 여동생을 대신하는 아이다.

"잘 자렴, 라즈베리."

"안녕히 주무세요, 애슐리님."

애슐리는 오일램프를 손에 들고 일어섰다. 지금은 빗소리만이 집을 감싸고 있었다. 라즈베리도 이제 곤히 잠들 수 있겠지. 하지만.

자신은 잠들 수 없을지도 모른다는 생각을 하며 애슐리는 문밖에서 한숨을 쉬었다.

아침이 되자 라즈베리의 방으로 마사가 그녀를 깨우러 왔다. 라즈베리는 마사가 가져온 법랑 세면기에 담긴 물로 세수를 하고, 머리를 매만졌다. 거울 앞에 앉으니 마사가 그녀의 머리를 빗질하기 시작했다.

"나, 머리 정도는 혼자서 빗을 수 있어."

"백작 영애는 스스로 빗지 않아요."

"옷도 갈아입혀 주고 식사도 다른 사람이 내오고, 숙녀
는 인형 같아."

"우선 지금의 당신은 블루로즈님을 대신할 인형입니다."

"그렇지……."

거울 속에는 잠이 덜 깬 눈을 한 라즈베리가 머리를 땋아
올리며 백작 영애의 모습을 갖추어 가고 있었다. 알맹이는
변하지 않았는데 겉모습만으로 다른 사람이 되어간다는 게
신기했다.

"어젠 잘 주무셨나요?"

마사가 묻자 라즈베리는 눈을 위로 뜨고 등 뒤의 그녀를
보았다.

"역시 걱정해 줬구나!"

"……그다지 걱정은."

"기뻐. 애슐리님이 마사는 자상한 사람이라고 했어. 정
말이었구나."

"주인님께서?"

"마사는 애슐리님이 어릴 적부터 메이드 일을 했던 거
지? 애슐리님은 어릴 적에 어떤 아이였어?"

마사의 손이 멈추었다. 그녀는 좌우가 반대인 거울 속의
방을 바라보고 있었다.

"―주인님은 어릴 적부터 영리하고 친절한 분이셨습니
다. 나이 터울이 있는 블루로즈님을 귀여워해 주셨고요. 어

머님께서 몸이 약하셨기 때문에 그다지 시간을 함께 보낼 수 없어서 가여웠죠."

"그랬구나……."

"밖에서 창문 너머로 어머니를 바라보던 주인님의 자그마한 등을 기억하고 있습니다. 까치발을 하고 창에 매달려서 꽤 오랫동안……."

"……가여워."

마사는 정신이 돌아온 듯 라즈베리의 머리에 빗을 댔다.

"당신도 어릴 적에 부모님을 여의었죠?"

"우리 엄마…… 어머니는 세상을 떠났잖아. 하지만 살아서 곁에 있는데도 안길 수 없다는 건 괴롭겠지. 눈앞에 있는 케이크를 먹을 수 없는 것과 같을 거야."

"케이크와 비교하는 건 조금 그렇지 않나 싶네요. ……자아, 완성됐습니다."

라즈베리는 옆모습을 살피기도 하고 거울에 얼굴을 가져다 대기도 하며 머리 모양을 확인했다.

"와아, 멋져. 마사! 늘 고마워!"

"블루로즈님은 늘 더 아름다운 모습으로 계셨지만 말이죠. 제 실력으로는 이 정도밖에 못 하겠군요."

"아니야, 이 정도로도 여왕님처럼 멋져."

마사는 옷장에서 드레스를 꺼냈다.

"그럼 이쪽에서 잠옷을 갈아입으세요."

"네에."

"대답은 짧게!"

"네!"

심플한 디자인의 드레스로 갈아입고 나자 아침 식사 시간이 되었다. 라즈베리는 일 층 식당으로 내려갔다.

"잘 잤어? 라즈베리."

애슐리는 이미 자리에 앉아서 신문을 읽고 있었다.

"안녕히 주무셨어요."

"어제는 푹 잤어?"

"네, 고맙습니다."

라즈베리가 자리에 앉자 식사 시중을 드는 소녀가 빵과 우유를 날라주었다. 라즈베리는 테이블 위로 몸을 내밀어 애슐리에게 속삭였다.

"애슐리님, 나 마사가 실은 자상한 사람이라는 거 알겠어."

"호오, 그랬군."

"응."

라즈베리는 기쁜 듯이 웃으며 빵을 입에 넣었다.

'어릴 적에 늘 창틀에 매달려 있던 애슐리님이 가여웠다…… 그건 마사가 한결같이 지켜보고 있었단 거겠지…….'

라즈베리는 마사에게 그 말은 하지 않기로 했다.

'마사에게 그런 말을 하면 시중드는 이의 역할이라고 말할 게 분명해— 하지만 역시 자상한 사람이야.'

빵을 야금야금 먹으며 라즈베리는 차를 마시는 애슐리를 바라보았다.

'어릴 적에 어머니와 함께 놀지 못했던 애슐리님…… 그래서 어머니를 소중하게 생각하는 거구나. 나, 힘내서 블루로즈님을 대신할 수 있도록 해야겠어!'

폭풍이 불던 밤에 자신의 방에 찾아와 주었던 애슐리, 그 자상함에 보답하기 위해서 라즈베리는 다시 한 번 결의를 다졌다.

5장 지붕 위의 레이디

라즈베리는 테라스 난간에 걸터앉아서 벽을 타고 뻗어 있는 가느다란 대롱 모양의 허니서클을 따고 있었다.

대롱 끝을 빨아들이면 달콤한 꿀을 맛볼 수 있었기 때문에, 라즈베리의 주변에는 그렇게 빨아서 어지럽게 흩뜨린 허니서클 꽃잎들이 수북이 떨어져 있었다.

"라즈베리!"

마사가 난간으로 나와서 고함을 질렀다.

"난간에 걸터앉으면 안 됩니다!"

"네에에."

"대답은—"

"짧게, 네, 겠죠."

라즈베리는 그렇게 말하고 난간에서 휙 뛰어내렸다.

"라즈베리!"

마사가 비명을 질렀다. 그러나 라즈베리는 이 층 정도의 높이라면 여유롭게 뛰어내릴 수 있었다. 부드러운 잔디밭 위를 양손과 양다리로 짚어서 고양이처럼 착지했다.

"—휴우."

마사는 정신을 잃을 듯하면서도 라즈베리가 무사히 착지해서 정원을 빠져나가는 모습을 눈으로 좇으며 안도의 한숨을 내쉬었다.

"정말이지, 저 아이는……."

라즈베리는 최근에 반항적이었다.

불과 얼마 전까지만 해도 마사의 지도를 착실하게 따르며 백작 영애가 되기 위한 수업을 받고 있었음에도 말이다. 그러한 그녀의 노력과 마사의 엄격한 지도로 드디어 숙녀답게 행동할 수 있게 되었던 참이었다.

그러고 보니, 하고 마사는 되짚어 생각했다. 최근에 라즈베리는 기분이 좋지 않았다.

식사도 그다지 내켜 하지 않는 듯했고, 웃는 얼굴도 볼 수 없었다. 그리고 지금처럼 이 층에서 뛰어내리거나 벽을 타고 기어 올라가기도 했고 계단 난간 위를 걸어 다니기도 했다. 일부러 위험한 행동을 보란 듯이 하여 마사에게 혼쭐이 나고 있었다.

라즈베리가 허니서클 하우스에 온 지도 벌써 보름이 지났다. 저택에 정원이 딸려 있기는 하지만 이곳에 온 이후로 라즈베리는 한 걸음도 문밖으로 나가지 못했다.

'슬슬 갑갑해하는 게 당연하지……'

마사는 애슐리에게 이 일을 상의하여 어떻게든 손을 써야겠다고 마음속으로 다짐했다.

"라즈베리가?"

마사로부터 라즈베리의 최근 상태를 전해 들은 마이크로프트 애슐리는 '그랬군' 하고 중얼거리며 턱에 손을 가져다 댔다. 그는 최근 이스트엔드의 저택에 가 있었기 때문에 오랜만에 허니서클 하우스에 돌아온 참이었다. 확실히 오늘 저녁 식사 시간에도 라즈베리는 얌전했다.

"그럼 내일, 라즈베리를 데리고 시티에 다녀오겠네."

"괜찮을까요?"

"말투나 행동은 거의 숙녀다워졌지? 한번 시험해 보고 싶기도 하고 말이야."

"알겠습니다. 분명 기뻐하겠지요."

마사는 안심하는 얼굴로 말했다. 애슐리는 그런 그녀를 보고 즐거운 듯 웃었다.

"라즈베리를 신경 써줘서 고맙네, 마사."

"저, 저는 딱히 그렇게까지……. 그냥 저 아이가 보란 듯이 위험한 짓을 하지 말아 줬으면 좋겠다는 것뿐입니다."

딱 잘라서 말하는 그녀를 보고 애슐리는 쓴웃음을 지었다. 그리고 내일 라즈베리를 시티에 데리고 가면 그녀가 얼마나 기뻐할지 생각하자, 이번에는 진심으로 기분이 좋아졌다.

이튿날.

"정말로 오늘 외출할 수 있는 거야?"

거울 앞에서 머리를 빗던 라즈베리가 빗을 팽개치고 돌아보았다.

"네. 주인님께서 데리고 간다고 하시네요."

"기뻐! 정말 지겨워지던 참이었어! 마사가 말해준 거지? 고마워!"

"괜히 들떠서 주인님을 곤란하게 하지 않도록 하세요……."

"괜찮아! 그런 일은 절대 없을 거야. 아아, 정말 기뻐! 마사에게도 선물을 사다 줄게. 뭐가 좋아?"

라즈베리가 그러안고 매달리자 마사는 말을 삼켰다.

"선물 같은 건—"

그 순간 두둑 하는 소리가 나서 바닥을 보자 마사가 늘 목에 매고 다니던 안경이 떨어져 있었다.

"아, 미안."

라즈베리는 마사에게서 떨어져 허리를 숙이고 안경을 주워들었다.

"괜찮을까? 깨지진 않은 것 같은데."

"괜찮습니다. 끈이 끊어진 것뿐이에요. 오래된 털실로 짠 끈이라서."

마사는 끊어진 끈을 고쳐 이었다. 그리고 안경테를 조심스럽게 매만졌다.

"소중한 안경인가 보네."

"네……"

마사의 입술에 한순간 자상한 웃음이 떠올랐다. 하지만 곧이어 입을 굳게 다물고 라즈베리에게 차가운 말을 내뱉었다.

"어찌 됐든 선물은 필요 없습니다. 무엇보다 당신은 돈이 없지 않나요? 주인님을 졸라서 사달라고 한다면 그건 선물이 아닙니다."

"아……"

분명히 그랬다. 라즈베리는 사탕 한 알도 살 돈이 없었다.

풀이 죽은 라즈베리에게 마사는 한숨을 한번 내쉬었다.

"자아, 그런 표정 짓지 마세요. 당신은 주인님께 뭔가 사달라고 해도 괜찮아요. 밖에서 당신은 블루로즈님이니까요."

"하지만 나—"

"나, 가 아닌, 저. 밖에 나가도 잊지 마세요. 알아들으셨죠? 약속을 지켜 주세요. 딱 두 가지입니다.

하나는 백작 영애답게 행동할 것.

나머지 하나는 주인님을 곤란하게 하거나 걱정을 끼치지 않도록 할 것.

알아들으신 거죠, 딱 두 가지예요. 지킬 수 있죠?"

"……네."

마사의 말에 라즈베리는 시무룩해졌지만, 멋을 내고 마차에 올라타자 기분이 들뜨기 시작했다. 게다가 눈앞에는 애슐리가 있는데다 오늘 하루 종일 그와 함께 할 수 있었다.

"밖에서는 나를 오라버니라든가 애슐리라고 부르도록 해."

애슐리는 라즈베리와 약속했다. 확실히 지금의 라즈베리는 여동생인 블루로즈이므로 '애슐리님'이라고 부르는 것은 이상했다.

"알, 알겠어요. 오…… 라버니."

라즈베리는 그렇게 부르고 새빨개진 얼굴을 가렸다.

"왠지 부끄럽네요."

"그렇군. 나도 왠지 어색한 기분이 들어."

애슐리가 키득키득 웃었다.

"애, 애슐리라고 불러도 괜찮아요?"

"괜찮아, 오늘부터는 집에서도 그렇게 불러줘."

애슐리는 그렇게 말하고 웃음 지으며 눈앞에 앉은 '여동생'을 바라보았다.

오늘 라즈베리는 하늘색 실크 새틴 상의에 같은 색상의 물결무늬 실크 스커트로 이루어진 투피스 드레스를 입고 있었다. 매끄러운 새틴 오버스커트는 뒤로 자연스럽게 주름이 잡힌 버슬 스타일이었다. 옷깃 언저리에는 짙은 파란색 리본이 달려 있었고, 소매는 크고 풍성했으며, 가슴에는 레이스가 섬세하게 장식되어 있었다. 머리는 플래티나 블론드를 작게 말아 올린 후 그 위에 꽃이 장식된 새틴 모자를 얹었다.

"잘 어울리는군."

"고마워요."

라즈베리는 가슴 언저리의 풍성한 레이스를 만지작거렸다. 이 드레스는 마사가 골라준 것이었다.

'이상하군요. 당신과 블루로즈님은 정말 닮았는데 당신은 이렇게 밝고 선명한 색이나 세련된 디자인이 잘 어울리는군요. 블루로즈님은 옅은 색이나 꽃무늬 시폰 드레스가 잘 어울리시는데' 하고 마사는 말했다.

마사는 라즈베리를 블루로즈의 모습 그대로 꾸미는 것이 아니라, 제대로 개성을 찾아내 어울리는 옷을 골라주었던 것이다.

런던 시티의 피카델리 스트리트에 도착하여 마차에서 내린 애슐리는 라즈베리에게 팔을 내밀었다. 라즈베리는 긴장하며 그 팔을 잡았다. 고급스러운 천으로 만든 수트의 감촉이 좋았다. 수트 아래로 애슐리의 근육이 느껴지자 라즈베리는 가슴이 두근거렸다.

"자아, 가게 이곳저곳을 둘러볼까."

손수건이나 액세서리를 다루는 작은 상점, 오트쿠튀르 드레스를 취급하는 커다란 부티크, 그리고 쇼윈도에 물건을 높이 쌓아 올린 백화점 등, 라즈베리는 꽃과 꽃을 날아다니는 나비처럼 오갔다.

"어머, 저건 뭘까?!"

그렇게 말하며 몸을 돌릴 때마다 버슬 위에 달린 커다란 리본이 펄럭였다. 애슐리는 넓은 거리를 신나게 뛰어다니는 라즈베리를 즐거운 듯 바라보았다.

"선물을 사달라고 조르지 않는구나, 블루로즈."

한숨 돌리러 들어간 카페에서 애슐리가 말했다.

"평소의 너라면 이거 사달라 저거 사달라 하며 소란스럽잖니."

평소의 너— 진짜 블루로즈를 말하는 것이다. 라즈베리

는 많은 가게를 둘러보았지만, 절대로 안에는 들어가지 않았다. 진열된 드레스나 장난감이나 모자를 창밖에서 바라볼 뿐이었다.

"전 이 케이크만으로 충분해요."

라즈베리는 세 장의 은색 접시에 담긴 작은 케이크를 황홀한 듯 바라보았다.

"이렇게 멋진 가게에서 애프터눈 티를 마시는 게 꿈이었어요."

"마사에게 조르지 말라는 말이라도 들었어?"

라즈베리는 고개를 저었다.

"그 반대예요. 마사는 애슐리에게 졸라도 된다고 했어요. 하지만."

"하지만?"

"마사에게 줄 선물을 사오겠다고 말하니 돈도 없으면서 그러지 말라고 혼났어요."

"그랬군."

"저, 그 말을 듣고 엄청 부끄러웠어요. 그도 그럴 것이 그때까지 애슐리에게 사달라고 해야겠다는 생각으로 가득했으니까요. 그런 제가 애슐리를 조를 수 없지요."

"마사는 완고하니까."

"이런 멋진 드레스를 입고 애슐리와 함께 도시를 산책할 수 있는 것만으로도 만족해요. 이 케이크는…… 예외로 하고."

"그렇게 사양하지 않아도 괜찮아."

"제가 지금 만약 귀족의 딸이 아니라면."

라즈베리는 홍차를 휘젓고 잔에서 빙글빙글 도는 우유를 바라보았다.

"돈을 손에 넣을 수 있는 방법이 몇 가지 있지만……."

라즈베리는 애슐리와 함께 소호에 갔다. 애슐리가 번화가에서 피시 앤 칩스를 먹고 싶다고 했기 때문이다.

"영국에 태어나서 피시 앤 칩스를 먹은 적이 없다니!"

라즈베리는 놀랐지만 '피시 앤 칩스'라고 말한 순간, 그 따끈따끈하고 바삭바삭한 식감과 맥아 식초의 풍미가 입속에 되살아나서 참을 수 없었다.

시티에서 가장 맛있는 곳은 여기! 라며 라즈베리가 자신만만하게 데리고 간 피시 앤 칩스 포장마차는 여지없이 애슐리를 만족시켰다.

두 사람은 시장 천막 옆에 쌓아 올린 나무 궤짝에 걸터앉아서 따끈따끈한 포테이토를 먹었다. 그리고 시시콜콜한 이야기를 나누며 시장 사람들을 바라보았다.

상인의 목소리가 울려 퍼지며, 활기차게 물건을 사고파는 시장에는 다양한 계급의 사람들이 오가고 있었다.

노동자 계층의 얼굴이 붉은 사내가 큰 소리를 지르고 있었고, 커다란 장바구니를 손에 든 여성은 감자를 하나씩 유심히 살펴보고 있었다. 중산층의 주부는 몇 번이고 지갑을 확인하고 있었고, 심부름으로 장을 보러 온 하녀는 구두 수리공 청년과 로맨스를 나누고 있었다. 값비싼 지팡이를 짚고 느긋하게 걷는 상류층 남성, 손님을 태우고서 목청껏 소리를 지르며 지나가는 마부, 그 틈 사이를 누비며 달려가는 맨발의 아이들—

"도둑이야! 누가 좀 도와주시오!"

그러던 중 큰 소리가 나서 그쪽을 쳐다보자 살찐 신사가 양손을 치켜든 채 달려오고 있었다. 그의 앞에는 자그마한 남자아이 두 명이 가방을 들고 뛰어가고 있었다.

"도둑 좀 잡아주시오! 중요한 서류가 들어 있단 말이오!"

라즈베리는 짝 하고 손뼉을 치고서 신사에게 달려갔다. 그리고 그녀는 외쳤다.

"가방을 돌려주면 사례금을 줄 수 있어요?"

"응, 물론이지……? 당신은……?"

그 말을 들은 라즈베리는 느닷없이 그 자리에서 구두를 벗었다.

"라즈…… 블루로즈!"

"애슐리! 기다려!"

말이 떨어지기가 무섭게 라즈베리는 두 꼬마의 뒤를 쫓아서 달리기 시작했다.

"저, 저 아가씨는⋯⋯."

가방을 빼앗긴 신사는 눈이 휘둥그레진 채 맨발로 달려가는 하늘색 뒷모습을 바라보았다. 애슐리는 쓴웃음을 지을 수밖에 없었다.

"동생은 곤란해하는 사람을 그냥 지나치지 못하는 성격이라서요."

가방을 훔친 두 소년, 딕과 길은 뒤를 돌아보고 깜짝 놀랐다. 하늘색 드레스를 입은 숙녀가 엄청난 얼굴을 하고서 쫓아오고 있었던 것이다.

맨발인데다 땋아 올린 머리를 헝클어뜨린 모습이 마치 들판을 달리는 엘프 같았다.

"뭐, 뭐야 저거!"

"거기 서! 두 사람!"

멈추라고 했지만 멈출 리가 없었다. 둘은 서둘러 늘 도주로로 사용하는 낡은 아파트 계단에 올라섰다.

삼 층까지 올라가서 층계참에 세워놓은 판자를 옆 빌딩의 층계참에 걸칠 셈이었다. 그런 다음 판자를 조심조심 건너서 옆 건물로 이동하는 것이다.

그러고는 그 판자를 치운다.

뒤쫓아 온 사람에게는 늘 이렇게 한 방 먹인 후 달아났다.

하늘빛 숙녀가 삼 층의 층계참에 다다랐다. 딕과 길은 웃

으며 옆 빌딩에서 기뻐 날뛰었다. 옆 빌딩까지는 일 야드 이상 떨어져 있었기 때문에 손을 뻗어도 닿을 거리가 아니었다.

"가방을 돌려줘!"

"메롱이다! 여기까지 오면 돌려줄게."

버르장머리 없는 두 꼬마는 낄낄댔다. 이를 본 하늘빛 숙녀는 쾌활하게 웃었다.

"그 말 잊지 마!"

딕과 길은 흠칫하며 웃음을 멈추었다. 숙녀가 층계참의 난간 위에 가뿐하게 올라섰기 때문이다.

"간다!"

둘은 그 순간 요정이 날아오르는 모습을 목격했다.

라즈베리가 달려간 지 삼십 분, 애슐리가 회중시계를 꺼내어 몇 번인가 시간을 확인하던 참에 건너편에서 그녀가 달려왔다. 하늘색 드레스 자락을 양손으로 움켜쥐고 달려온 숙녀를 향해 시장 내의 시선이 모였다.

"오래 기다렸죠!"

라즈베리는 숨을 하아하아 내쉬며, 애슐리 곁에 서 있던 후덕한 신사에게 가방을 보여 주었다.

"이거 맞죠?"

"네, 네. 이겁니다. 그, 그런데 어떻게?"

"저 달리기가 특기거든요."

라즈베리가 생긋 웃으며 스커트를 잡고 우아하게 인사했다.

"그럼 조금 전에 했던 약속을 지켜 주실까요."

"약속— 아아! 사례 말이죠? 물론입니다!"

신사는 주머니에서 지갑을 꺼내 라즈베리에게 동전을 꺼냈다.

"가방을 되찾아 준 감사의 뜻이며 당신의 용기와 작은 발에 경의를 표합니다."

라즈베리의 하얀 발은 이미 진흙투성이가 된 채 까맣게 더러워져 있었고 여기저기에 상처가 나 있었다. 런던의 돌바닥을 달리면 이 정도의 상처는 생길 터였다.

"와아! 십 실링? 이렇게나 많이?"

라즈베리는 양손으로 그 돈을 받아 들었다.

"이 가방에 들어 있는 서류는 이 정도 돈으로 살 수 없을 만큼 중요한 것입니다. 정말 고맙습니다, 아가씨."

신사는 몇 번이고 실크해트를 치켜 올려 감사 인사를 하며 물러났다.

라즈베리는 그 돈을 바라본 후 돌아보며 말했다.

"딕이랑 길, 이리 나와."

애슐리가 돌아보자 건물 그림자에서 두 아이가 얼굴을 내밀었다. 라즈베리가 손짓하여 부르자 머뭇거리며 가까이

다가왔다. 곁에 서 있는 애슐리가 신경 쓰이는지 언제든 도망칠 수 있도록 발끝을 밖으로 향하고 있었다.

"여기."

라즈베리가 둘에게 일 실링씩 내밀었다.

"이것만 있으면 당분간 굶지 않는 거지?"

"이거, 정말 주는 거야? 누나?"

"너희도 살아야지. 하지만 남의 물건을 날치기해서는 안 돼. 그러다간 조만간 잡혀서 감옥에 들어가게 될 거야."

두 아이는 돈을 받아들고 얼굴을 마주 보았다.

"누나 고마워!"

"시티에서 뭔가 곤란한 일이 생기면 말해, 도와줄게. 여기서 우리 꽤 유명인사거든."

그렇게 말하며 두 아이는 거리 속으로 뛰어갔다. 만족스러운 얼굴로 배웅하던 라즈베리는 애슐리를 향해 돌아보고 고개를 푹 숙였다.

"미안해요! 애슐리!"

"……아니, 괜찮아. 그보다 발을 씻어야 할 것 같군. 이대로는 신발을 신을 수 없을 테니."

애슐리는 주변을 둘러보고 그 자리에서 놀고 있던 아이들에게 말을 걸었다. 잔돈을 내보이자 아이들은 앞다투어 달려가서 이윽고 다 함께 물이 담긴 통을 가지고 왔다.

애슐리는 인적이 드문 장소로 라즈베리를 데리고 가서

나무 궤짝 위에 걸터앉게 한 후 더러워진 발을 들어 올렸
다.

"애슐리! 그만해요! 제가 할게요!"

"가만히 있어."

애슐리는 통에 손을 담그고 라즈베리의 발을 씻겼다. 흙
과 피가 물속에 녹아갔다. 애슐리의 손가락이 부드럽게 발
을 감싸고 만지고 쓰다듬는 것만으로도 라즈베리는 몸이
떨렸다.

몸속에서 뜨거운 무언가가 이상하게 흘러넘치는 것 같았
다.

"애…… 애슐리…… 그만해요."

"발가락 구부리지 마."

애슐리의 손가락이 그녀의 오므린 발끝을 펼치도록 끌어
당겼다. 간지러운 것과는 다른, 움찔움찔하는 감각이 다리
에서 허리로 내달렸다. 애슐리는 더욱더 천천히 발가락을
씻겼고 그 손으로 복사뼈 위까지 만졌다.

"……아."

라즈베리는 소리를 지를 것 같아서 양손으로 입을 틀어
막았다.

"자, 됐어."

애슐리가 이윽고 손을 뗀 후 자신의 손수건으로 라즈베
리의 발을 닦아 주었다.

그리고 아직 피가 멎지 않은 왼쪽 다리를 그 손수건으로 감쌌다.

"이대로 구두를 신으면 될 거야."

"……."

라즈베리는 숨을 쉬기가 힘들었고 대답도 할 수 없었다. 그녀는 새빨개진 얼굴로 고개를 꾸벅꾸벅 끄덕였다.

"걸을 수 있겠어?"

"아…… 네."

애슐리가 손바닥을 내밀었다. 그의 손바닥은 아직 조금 젖어 있었다. 그 손에 닿자 라즈베리의 심장이 크게 고동쳤다.

"이제 돌아갈까."

"아, ―네, ―아니요."

이윽고 라즈베리는 동요하는 마음을 억누르고 고개를 들었다.

"마지막으로 한 군데 더 데리고 가 주세요."

애슐리에게 부탁하여 안내받은 가게는 액세서리를 다루는 곳이었다.

라즈베리는 이 가게만큼은 밖에서 구경하지 않고 안으로 들어갔다.

금으로 세공된 빗, 진주 귀걸이, 흑 구슬 목걸이, 살구색 산호 반지, 녹아내릴 듯한 호박 머리장식…… 벽 한 면에 장식된 아름다운 광채를, 라즈베리는 멍하니 넋을 잃고 바라보았다.

"뭐가 갖고 싶니? 라즈베리."

애슐리가 말을 걸자 라즈베리는 깜짝 놀라며 정신이 돌아왔다.

"금 세공품. 금으로 만든 사슬 목걸이가 갖고 싶어요."

"금 사슬 목걸이?"

"마사에게 선물하고 싶어요. 마사는 안경에 낡은 털실로 엮은 끈을 달고 있었어요. 소중한 안경인 것 같으니 절대로 끊어지지 않는 금 사슬 목걸이를 선물하고 싶어요."

"소중한 안경…… 라즈베리는 그 안경이 어떤 물건인지 알고 있니?"

"몰라요. 하지만 그 안경을 만질 때 마사는 정말 따뜻한 표정을 짓고 있었어요."

그렇게 말하며 가느다란 금 사슬을 손에 들었다.

"마사가 기뻐해 줄까……."

애슐리는 라즈베리의 손에 자신의 손을 겹쳐 올렸다.

"분명 기뻐해 줄 거야."

라즈베리는 웃음 지으며 또다시 사슬을 찾기 시작했다.

"다녀오셨습니까, 주인님."

문을 연 마사는 인사를 하며 애슐리의 등 뒤에 서 있는 라즈베리의 모습을 재빨리 살폈다.

"……드레스가 더럽혀졌군요."

라즈베리가 입고 있던 드레스 자락과 옆 부분이 흙으로 조금 더러워져 있었다. 라즈베리는 허둥대며 드레스 자락에 묻은 흙을 탁탁 털어냈다.

"저기, 그러니까…… 좀 굴러서."

"굴렀다고요?!"

"그, 그것보다 마사……."

"잠시 다리를 보여주세요."

"저기, 마사, 선물이 있어!"

라즈베리는 마사를 가로막고 그녀의 가슴에 작은 사각형 상자를 내밀었다.

"이거, 늘 잘해줘서 주는 보답이야!"

"전 선물 같은 거 필요 없다고……."

"애슐리님이 사준 거 아니야! 내 돈으로 샀어!"

"당신의……?"

마사는 미간을 찡그렸다.

"당신은 돈이 없잖아요?"

"벌었어."

"벌었다니요? 무슨 말입니까!"

라즈베리는 우물쭈물하며 바닥으로 시선을 떨어뜨렸다.

"그러니까…… 그게…… 도와서."

"백작 영애가 도움이라니요?! 뭘 하신 건가요?"

거듭되는 마사의 추궁에 라즈베리는 결국 짜증을 냈다. 그녀는 작은 발로 바닥을 구르며 마사를 향해 외쳤다.

"이제 그만해! 아무래도 상관없잖아. 어쨌든 내 돈으로 산 거니까 받아줘!"

"필요 없습니다."

하지만 마사는 싸늘한 말투로 답했다.

"……뭐어?"

"당신은 아무래도 저와 한 약속을 지키지 않으신 것 같군요. 그런 사람에게 선물을 받을 수 없습니다."

"마사……."

"뭘 하신 건가요? 라즈베리. 설마 도둑질을 한 건 아니겠죠?"

그 한마디에 라즈베리의 얼굴이 새파래졌다가 이윽고 새빨개졌다.

"마사는 바보야! 이젠 몰라! 마사 정말 싫어!"

라즈베리는 그렇게 외치며 마사의 발치에 작은 상자를 내던졌다. 리본을 달아 놓았을 뿐인 종이 상자에서 금빛이 튕겨 나오며 작은 소리를 냈다.

"라즈베리!"

라즈베리는 스커트 자락을 움켜쥐고 계단을 뛰어 올라갔다.

"정말이지…… 저 아이는……."

마사는 고개를 내젓고 관자놀이를 감쌌다. 애슐리는 몸을 숙여서 바닥에 떨어진 종이상자와 그 내용물을 집어 들었다.

"마사……."

애슐리는 돌아보는 마사의 손에 가느다란 사슬 목걸이를 살포시 떨어뜨렸다.

"이건—"

"라즈베리의 선물이야. 자네에게 주려고 삼십 분이나 고른 거야."

"……."

"자네의 안경 줄로 사용할 거라고 하더군. 자네가 그 안경을 굉장히 소중히 여긴다며."

"……."

"저기, 마사."

애슐리가 마사를 부드럽게 바라보았다.

"이 사슬 목걸이는 정말로 라즈베리가 자기 돈으로 산 거야. 라즈베리가 가방을 잃어버린 신사의 가방을 찾아주고 사례금을 받았거든."

애슐리는 신사가 가방을 도둑맞았으며, 그것을 라즈베리가 되찾아 주었다는 말은 하지 않았다.

"그때 천방지축으로 행동하다가 다리를 좀 긁혔지만 말

이지."

애슐리는 라즈베리가 맨발로 좀도둑을 쫓아갔다고는 말하지 않았다.

"저 아이는 그 안경에 어떤 의미가 담겨 있는지 몰라도 자네가 그 안경을 만질 때 무척이나 자상한 표정을 지었다고 하더군. 라즈베리는 자네의 그런 얼굴이 보고 싶었던 게 분명해."

"저는……."

"라즈베리의 호의를 한 번이라도 순수하게 받아줄 수 있을까?"

마사는 손안에 놓인 가느다란 사슬을 바라보았다. 미묘하게 꼬인 사슬이 홀에 놓인 가스램프의 불빛에 반짝반짝 빛나고 있었다. 선물을 건넬 때 기뻐하던 라즈베리의 얼굴을 떠올리며 마사는 고개를 숙였다.

"제가…… 무슨 짓을……."

그때 식사 시중을 드는 소녀가 위층에서 허겁지겁 뛰어내려왔다.

"큰일이에요! 라즈베리님께서 지붕 위에 올라가셨어요!"

"뭐라고?!"

라즈베리는 허니서클 하우스의 넓은 지붕 위에서 무릎을 끌어안고 울고 있었다. 침대에서 울지 않았던 것은 마사가 오는 것을 바라지 않았기 때문이었다.

굴뚝 청소를 하기 위해 지붕에는 밖으로 통하는 창이 나 있었다. 라즈베리는 틈이 날 때마다 지붕의 구석구석까지 탐색했기 때문에 지붕 밑에서 밖으로 나오는 방법을 알고 있었다. 이곳이라면 아무도 올 수 없었다. 굴뚝 청소부 외에는.

"마사는 바보야…… 아무것도 몰라……."

뺨에 흐르는 눈물이 바람 때문에 차가웠다. 유월이라도 저녁 무렵에 부는 습한 바람은 몸을 싸늘하게 했다. 라즈베리는 양손으로 팔을 끌어안고 무릎 사이에 얼굴을 파묻었다.

"─라즈베리!"

근처에서 목소리가 들리자 라즈베리는 놀라며 고개를 들었다. 지붕 창문에서 마사가 얼굴을 내밀고 있었다.

"뭐 하는 거예요! 얼른 내려와요. 위험하잖아요!"

"싫어! 마사의 명령은 이제 듣지 않을 거야!"

"내려오세요! 숙녀가 지붕 위에 있어서는 안 돼요!"

"이제 나 숙녀가 되는 거 관둘래! 서커스단에 돌아갈래!!"

"내려오지 않으면 제가 거기로 갈 거예요!"

라즈베리는 코웃음을 쳤다.

"올 수 있으면 와보라고!"

그런데 마사가 상반신을 지붕 위로 빼내 양손을 짚고 살금살금 올라오는 것이 아닌가!

"마, 마사! 뭐 하는 거야?!"

떨어져 있었지만 마사가 몸을 부들부들 떨고 있는 것을 알 수 있었다. 라즈베리는 크게 놀라며 벌떡 일어섰다.

"위험해! 미끄러질 거야! 미끄러지면 떨어져! 떨어지면 죽을지도 몰라!"

"당신이 내려오지 않으면 제가 그쪽으로 갈 거라고 말했잖아요."

마사의 목소리는 겁에 질려 있었다. 그녀는 천천히 한 발 내딛기 시작했다.

"그, 그만둬! 위험해! 마사!"

마사는 에이프런 주머니에 손을 넣어 무언가를 끄집어냈다. 가슴 앞에 펼친 그것은 금색 사슬이 달린 안경이었다.

"이 안경은 제 아들이 처음 받은 월급으로 사준 거예요."

마사가 떨리는 목소리로 말했다.

"눈이 나빠서 메이드 일을 그만두려고 했을 때 선물로 사줬어요. 아들을 사고로 일찍 잃고 나서는 이 안경은 아들의 유품이 되었지요."

마사는 사슬을 자신의 목에 걸고 등을 편 후 라즈베리를 바라보았다.

"안경은 아들에게 사슬은 딸에게 받은 선물로 생각할게요. 라즈베리……."

마사의 눈에서 눈물이 흘러넘쳤다.

"고마워요, 정말 기뻐요."

"마사!"

라즈베리는 지붕 위를 달려서 마사에게 다가갔다. 그러고는 마사를 부둥켜안고 그녀와 함께 무릎을 꿇었다.

"미안해! 이런 곳에까지 오게 해서…… 무서운 일을 겪게 해서……!"

"저야말로 미안해요, 라즈베리……. 당신이 전하려고 한 마음을……."

라즈베리는 마사의 가슴에 얼굴을 파묻었다. 그리웠던 포근한 냄새, 십 년도 전에 손에서 놓았던 온기가 여기에 있다…… 는 생각이 들었다.

"마사."

라즈베리는 고개를 들어 눈물범벅인 얼굴로 웃었다.

"지붕 위에 올라온 건 처음이지?"

"네, 물론이죠."

"그럼 봐, 처음 보는 풍경을."

라즈베리는 한손을 펼쳐서 마사를 이끌었다. 해 질 무렵의 태양이 런던을 금빛으로 물들이고 있었다. 돌로 만들어진 건물은 석양을 반사하여 금으로 세공한 장난감처럼 반짝반짝 빛나고 있었다.

마사는 숨을 삼켰다.

"어쩜 이렇게 아름다울 수가……."

동쪽에서 어둠이 보랏빛 베일을 펼치며 서서히 마을을 뒤덮었다. 서쪽은 금빛에서 오렌지빛으로 변해가고 있었다. 라즈베리는 하얀 뺨을 황혼으로 물들인 채 마사를 돌아보았다.

"난 노을이 좋아. 서커스단에 있었을 때도 나무에 종종 올라가서 노을이 지는 걸 봤어. 하지만 마사와 함께 본 노을을 가장 소중한 추억으로 삼을게."

"저도 그럴게요. 지붕에 올라오는 일은 앞으로 두 번 다시 없을 거라고 생각하니까요."

둘은 마을이 어스름에 뒤덮이기 전에 지붕에서 내려왔다. 지붕 밑에서는 애슐리가 기다리고 있었다.

"주인님께서 지붕 밑에까지 오시다니."

"나에게 소중한 두 사람이 위험한 행동을 하고 있으니 걱정이 돼서 가만히 있을 수 있어야지."

애슐리는 발판에서 내려오는 마사에게 손을 빌려주었다. 바닥에 발을 내디딘 순간, 마사의 몸이 맥없이 무너져 내렸다.

"마사, 괜찮아?"

"괜찮아요. 이제야 겁이 난 것뿐이에요."

들여다보는 라즈베리에게 마사는 희미하게 웃음 지었다.

"이 사슬, 소중히 여길게요."

"─응."

"당신이 다른 사람의 가방을 찾아주고 받은 사례금으로 사준 거니까요."

"그 정도야 식은 죽 먹기지. 그 녀석들 발이 느린 데다 일 야드도 떨어지지 않은 빌딩 같은 건 간단하게 뛰어 건널 수 있거든."

"—네에?"

바닥에 웅크리고 앉아 있던 마사는 고개를 들었다. 반대편에 있던 애슐리가 손으로 얼굴을 감쌌다.

"그 녀석들? 뛰어 건넜다니…… 라즈베리, 당신, 가방을 찾고 있었던 게……."

아차, 하고 라즈베리는 입을 막았다. 하지만 이미 엎질러진 물이었다. 마사는 죽다 살아난 사람처럼 비틀대며 일어났다.

"사실대로 말하세요…… 라즈베리!"

"꺄아아악!"

라즈베리는 요란스럽게 비명을 지르며 지붕 다락방에서 달아나기 시작했다. 그 뒤를 마사가 '멈추세요!' 하며 뒤쫓아 갔다.

"이것 참……."

애슐리는 쓴웃음을 한번 흘리고, 지붕으로 통하는 창을 조용히 닫았다.

6장 존슨 스텝코드의 우울

"주인님, 손님이십니다."

마사가 서재에 있던 마이크로프트 애슐리에게 말했다. 애슐리는 오늘 아침에 도착한 몇 통의 전보를 읽고 이에 답을 하고 있던 참이었다.

"손님? 예정에는 없는데, 누군가?"

"존슨 스텝코드님이십니다."

"존슨이? 이렇게 이른 아침에 별일이군. 들여보내 주게."

이윽고 저벅저벅 무거운 구두 소리를 내며 애슐리의 절친한 벗이 나타났다. 그는 변함없이 큰 덩치에 아직 초여름

임에도 한여름처럼 땀을 흘리고 있었다.

"마이크로프트, 힘을 빌려주게!"

방에 들어오자마자 존슨이 외쳤다. 애슐리는 의자에서 일어나 마사에게 잠시 방에 누구도 들이지 않도록 이르고 존슨에게 의자에 앉도록 권했다. 하지만 존슨은 앉지 않고 우두커니 서 있었다.

"대체 무슨 일인가, 존슨."

"내 연인이…… 콜린이 행방불명이라네."

"자네의 연인? 있었던 겐가?"

애슐리는 눈을 동그랗게 떴다. 그에게 연애담을 들은 적이 없기 때문이었다.

"있었다네. 이번에 소개하려던 참이었는데…… 그럴 수 없게 되었다네."

"자초지종을 들려주게."

애슐리의 말에 존슨은 거친 한숨을 후욱 내쉬고 의자에 털썩 앉았다. 섬세한 의자 다리가 존슨의 체중을 견딜 수 없는 듯 삐걱삐걱 소리를 냈다.

"콜린은 배우라네. 아직 신인이지만, 장래가 유망하다고 할 수 있지. 우리는 공원에서— 콜린이 혼자서 연극 연습을 할 때 알게 되었는데, 그건 다음 기회에 말하도록 하겠네. 어쨌든 우리는 진지하게 교제를 했고 서로 사랑했고 결혼을 약속했어."

"그거 축하하네."

애슐리는 친구에게 진심으로 말했다.

"고맙네— 무엇보다 친구인 자네에게 가장 먼저 소개해야 한다고 생각해서…… 23일에 둘이서 자네 집에 갈 생각이었다네. 어제 오랜만에 공연이 끝나고 돌아온 그녀와 만날 약속을 했는데……."

"오지 않았던 건가?"

존슨은 커다란 어깨를 축 늘어뜨렸다.

"두 시간이나 기다렸다네. 그래도 오지 않아서 그녀가 소속된 극단— '초록 달'에 가보았지. 그랬더니 콜린은 이미 세 시간 전에 볼일이 있다며 나갔다고 하잖나."

"흐음……."

"콜린이 갈만한 곳은 모조리 가봤지만 그녀를 찾을 수 없었다네."

"경찰에는 가보았는가?"

그 말에 존슨이 입을 씰룩였다.

"갔었지! 갔지만 약속 시간에 연인이 나타나지 않았다는 것만으로는 움직일 수 없다고 하더군. 게다가 날 여자한테 속은 바보천치로 만들었어! 제기랄! 얼간이들 같으니라고!"

"진정하게."

노여움으로 얼굴이 시뻘게진 채 일어선 존슨을 애슐리가 달랬다. 존슨은 긴 한숨을 후욱 내쉬고 안주머니에 손을 넣었다.

"그런데 그날 밤에— 이게."

존슨은 주머니에서 종잇조각을 꺼냈다. 애슐리는 그것을 받아 들어 펼쳐보았다. 그러고는 앞뒤로 뒤집어 보았다.

"……양면에 글씨가 쓰여 있지만…… 연극 대본의 일부인 듯하네."

"아, 혹시 그녀가 속한 극단의 극본일지도 모르겠어."

"꽤 오래된 종이로군. 쓰여 있는 건 이탈리아어인가."

"밤중에 아이가 가지고 왔어. 어떤 여자에게 부탁 받았다고 하더군. 누더기 옷을 입고 있던 걸 보아 소호에 사는 아이이려나."

대본을 보던 애슐리는 고개를 들고 존슨을 바라보았다.

"그 아이에게서 콜린 양의 이야기를 들었던 건가?"

"그게…… 내가 이 종이에 정신이 팔려 있던 중에 사라져 버렸다네. 쫓아갔지만 찾을 수 없었어."

"흐음."

애슐리는 대본의 일부로 보이는 종이에 또다시 눈길을 떨어뜨렸다. 그의 눈동자가 반짝반짝 빛났고 입술에는 즐거운 듯 미소가 떠올랐다.

"이게 콜린 양을 찾을 단서라는 건가— 자네 이 대본을 읽어 본 적 있는가?"

"난 언어에 약하다네. 퍼블릭 스쿨에 다닐 때의 내 성적을 알고 있잖나."

"그랬었지. ……뒷면에는 휘갈겨 쓴 악보가 있는데, 그럼 이걸 노래해 볼 텐가?"

"노래를 해서 뭘 하겠는가."

"노래를 부르면 알 수 있어, 해보게."

존슨은 등을 펴고 대본을 바라보며 노래를 부르기 시작했다.

사랑은 작은 도둑
사랑은 뱀
마음에 평온을 주거나 빼앗고
생각한 대로—

"이보게, 이건 나도 알고 있어!"

존슨은 눈을 동그랗게 뜨며 말했다.

"모차르트의 『코지 판 투테』이지 않은가."

애슐리는 탁! 하고 종이를 손등으로 두드렸다.

"맞아. 이 대본은 『코지 판 투테』의 일부라네. 게다가…… 진품인 것 같아."

"진품?"

"로렌초 다 폰테, 본인의 것인 듯하다는 말일세."

다 폰테는 모차르트와 합작하여 『피가로의 결혼』과 『돈

조바니』 등의 오페라 대본을 쓴 인물이다. 그의 삶이라고도 할 수 있는 대본이라고 한다면 얼마나 많은 값이 붙을지 가늠할 수 없었다.

"서, 설마!"

애슐리는 책상에 다가가 서류 더미에서 종이 한 장을 끄집어내어 존슨에게 건넸다.

"오늘 아침에 프랑스에서 전보가 도착했네. 고미술품 사업을 하는 지인이 자신의 창고에서 미술품을 몽땅 도난당했다는 정보일세. 전 유럽에 도난품 리스트를 연락망으로 돌리고 있지. 그중에 다 폰테의 대본도 있었다네. 좀도둑이 팔러 오면 괜찮은 가격으로 사들이라고 하더군."

그 전보와 애슐리가 들고 있는 대본을 번갈아 보며 존슨은 흥분한 목소리로 외쳤다.

"어떻게 된 거지?! 어째서 콜린이 이 악보를⋯⋯."

"'초록 달'이라는 극단은 프랑스에도 공연을 하러 갔던 건가?"

"그렇다네. 사흘 전에 프랑스에서 돌아왔어. 그래서 귀국 축하를 겸해서⋯⋯ 어이, 자네 설마."

존슨은 깜짝 놀란 듯 친구를 바라보았다.

"그녀가 도둑의 일원이라고는⋯⋯."

"일원이라면 이런 증거를 자네에게 건네지 않겠지. 굳이 설명하자면 말려든 느낌이 들어. 절도단이 그 극단에 짐을 운반하게 한 게 아닐까? 극단의 누군가가 한패라든지 혹은 아무것도 모른다든지, 어느 쪽인지는 모르겠지만."

"그럼 콜린은⋯⋯."

"도난품을 발견하는 바람에 납치당한 건가—"

한 가지 더 최악의 상황도 떠올랐지만 애슐리는 고개를 저어 그 생각을 떨쳐냈다.

"우선 경찰에 이걸 건네서 찾아보도록 하세. 단순한 치정 싸움이 아니라는 걸 알아줄 거야."

"하지만 그렇게 느긋하게 대응하다가는 콜린이 어떻게 될지 모르지 않는가."

말하지 않아도 존슨은 그 최악의 상황을 생각한 듯했다. 그는 육중한 몸을 웅크리고 머리를 끌어안았다.

"제길, 그때 내가 그 아이에게 그녀를 어디에서 만났는지 물었더라면⋯⋯."

"⋯⋯."

애슐리는 그 말에 검지로 입술을 문질렀다.

"혹시— 알지도 몰라."

"응?"

존슨은 고개를 들었다. 그의 얼굴은 눈물과 땀에 젖어 있었다.

"존슨, 자네는 내 누이 블루로즈를 알고 있지?"

"응. 두 번 정도 만난 적이 있네. 아직 사교계에 데뷔하기 전이었을 테지만……."

애슐리가 빙긋이 웃었다.

"꽤 오래전이군. 지금 그 아이는 꽤 미인이 되었지. 알아볼 수 없을 정도로."

"애슐리, 자네 동생 자랑은 됐으니까 콜린을 찾을 방법을……."

"그 방법을 블루로즈가 알고 있을지도 모르네."

애슐리는 문을 열고 마사를 불렀다. 불과 이 초 만에 그녀가 모습을 나타냈다. 마치 곁에서 기다리고 있었다는 듯이.

"네, 주인님."

"블루로즈를 불러 주게."

"네? 하, 하지만."

마사는 애슐리에게 다가가 작은 소리로 속삭였다.

"지금 라즈베리는 머리도 물들이지 않았고, 눈 색깔도 다릅니다."

"괜찮아. 몇 년 전에 만난 아이의 눈 색깔을 기억하고 있을 리가 없지 않은가. 서두르게."

"아, 알겠습니다."

두 사람이 조용히 기다리기를 오 분, 차분하게 노크하는 소리가 들렸다. 애슐리는 정중하게 손잡이를 잡고 문을 살짝 열었다.

"블루로즈. 오라버니의 친구인 존슨 스텝코드란다. 기억하고 있니?"

존슨은 할 말을 잃었다. 그곳에 있었던 것은 빛의 요정처럼 사랑스러운 소녀였기 때문이다.

"아, 안녕하세요. 오랜만입니다. 스텝코드님."

요정은 드레스 자락을 잡고 우아하게 인사했다. 존슨도 일어나서 허둥지둥 소녀의 손을 잡았다.

"브, 블루로즈 양, 오랜만입니다……."

손등에 키스를 하자 라즈베리는 수줍어하며 미소 지었다. 아름다운 플래티나 블론드 머리칼에 진보랏빛 눈동자, 장밋빛 뺨, 살결은 새벽 무렵에 내린 새 눈처럼 뽀얀 핑크빛이 감도는 부드러운 흰색이었다.

"전에 뵀을 때는 자그마했었는데 정말 아름다워졌군요. 이런 상황이 아니었다면 시를 읊고 싶지만……."

라즈베리에게 멍하니 넋을 놓은 친구의 손을 살짝 떼어놓고 애슐리가 말했다.

"블루로즈, 네 힘을 빌리고 싶구나."

"무, 무슨 일인가요? 오라버니. 제가 도울 일이란 게?"

라즈베리는 애슐리의 절친한 친구 앞이라서 긴장하고 있는 듯했다.

애슐리는 그 긴장을 풀어주려는 듯 자상하게 웃음 지었다.

"너와 마을에 사는 두 아이에게 부탁하고 싶은 게 있단다."

애슐리는 존슨과 라즈베리와 함께 마차를 타고 스코틀랜드 야드로 향했다. 증거품인 다 폰테의 대본을 건네며 수사를 부탁하고 소호까지 달려갔다.

그사이에 블루로즈에게 자초지종을 설명했다.

"즉, 스텝코드님께 대본을 건넨 아이를 찾으면 되는 거죠?"

"그래. 그 아이들의 힘을 빌리면 되지 않을까 생각했어."

블루로즈가 싱긋 웃었다.

"알겠어요. 그럼 가는 길에 과자를 잔뜩 사줄래요?"

소호에 도착하자 라즈베리는 길에서 낙서를 하는 아이와 뛰어다니는 아이들을 향해 큰 소리로 외쳤다.

"얘들아! 여기 과자가 있어! 얼른 오지 않으면 없어질 거야!"

와아, 하고 아이들이 달려왔다. 그 아이들에게 과자를 하나씩 건네며 라즈베리가 말했다.

"딕이랑 길을 알고 있니? 그 둘을 데리고 오면 과자를 더 줄게."

아이들은 얼굴을 마주 본 후 일제히 달려갔다. 머지않아 그들은 딕과 길 형제를 데리고 왔다. 둘은 라즈베리를 보고 눈을 반짝이며 달려왔다.

"누나! 우리한테 뭔가 볼일이라도 있어?"

라즈베리는 두 아이에게 존슨 스텝코드를 소개했다.

"어젯밤 이분에게 쪽지를 가져다 준 아이를 찾고 있어. 그 아이는 어떤 여성분에게 부탁받았을 거야. 찾아주면 일 펜스, 데리고 오면 오 펜스를 줄게."

라즈베리의 말에 딕이 어깨를 으쓱했다.

"누나, 소호는 넓은걸. 우리도 한가하지 않고 말이지."

건방지게 가격 인상을 요구해 왔다. 라즈베리에게 그 교섭은 예상했던 일이었다. 그녀는 아이의 눈앞에 손바닥을 펼쳤다.

"그럼 모두에게 오 펜스, 데리고 오면 일 실링이야. 이 이상은 무리야. 어떻게 할래?"

"거래 성립이야!"

딕은 등 뒤에 있는 아이들에게 손을 흔들었다.

"다들 들어봐. 오 펜스짜리 일이야. 잘되면 일 실링이고! 열심히 찾아!"

아이들은 비둘기가 날아오르듯 달리기 시작했다. 그 모습을 보던 존슨이 감탄한 듯 말했다.

"대단하군요, 블루로즈 양. 어떻게 이 아이들을 알게 된 건가요?"

"네에? 으음 그게—"

거짓말이 서툰 라즈베리는 당황하며 애슐리를 올려다보

앉다. 애슐리는 그런 그녀의 어깨를 가볍게 두드리며 안심시키려는 듯 웃음 지었다.

"블루로즈는 교회 봉사활동으로 마을 아이들을 돌보고 있다네. 그래서 저 아이들을 알게 된 거지."

"네. 그, 그랬던 거예요."

라즈베리가 고개를 마구 끄덕였다. 존슨은 역시나 하고 팔짱을 꼈다.

"그랬군. 그런데 좀 전의 그 교섭은 정말 훌륭했어요."

애슐리가 히죽거렸다.

"그랬지. 근데 자네 잊어버리면 곤란한데, 저 아이들의 수고비는 자네가 부담해야 하는 거네."

세 사람이 커피하우스에서 아이들이 돌아오기를 기다린 지 한 시간. 다섯 명 정도의 아이들이 떼를 지어 달려왔다.

"아저씨, 찾았어요!"

"우리가 찾았어요!"

"아니야, 내가 찾았어!"

"일 실링 줘요!"

그렇게 말하며 아이들은 한 소년을 존슨에게 떠밀었다. 존슨은 커다란 얼굴을 그 아이에게 내밀었다.

"맞아, 틀림없이 너였어! 어제 우리 집에 악보를 가져왔지?"

아이는 수염이 덥수룩한 존슨의 얼굴을 보고 겁에 질려서 도망치려 했지만, 다른 아이들이 이를 막고 있었다.

"무서워하지 않아도 괜찮아. 묻고 싶은 게 있어서 그러는 거니."

존슨은 다른 아이들 모두에게 일 실링을 건넸다. 그리고 그 아이에게는 이 실링을 내밀었다.

"가르쳐 주렴. 그 종이를 어디서 받았니? 콜린은, 종이를 건넨 여성은 어디에 있었니?"

아이는 이 실링을 받아들고 양손으로 감싼 채 떨면서 말했다.

"프라이어리 거리예요. 앵무새 간판이 걸려 있는 여관이에요. 어떤 누나가 창문에서 우리한테 종잇조각과 오 펜스를 던졌어요. 아저씨네 집에 가져다주라고 하면서요. 그 누나는 곧바로 창문에서 사라진 후에 다시 나타나지 않았어요."

애슐리는 경찰에게 맡기자고 말했지만, 프라이어리 거리는 이곳에서 바로 코앞이었다. 어떻게 해서든 그곳에 가겠다며 존슨은 말을 듣지 않았다.

"이러고 있는 동안에 콜린에게 위험이 닥쳐올지도 모른다고! 경찰이 도착하기만을 기다릴 수 없어!"

애슐리에게는 거칠게 콧김을 내뿜는 존슨을 물리적으로

막을 힘이 없었다. 그는 퍼블릭 스쿨과 대학을 다니던 시절엔 럭비 선수였다. 분명 애슐리를 질질 끌고서라도 갈 것이다.

"알겠어, 하지만 경찰에 메시지라도 보내도록 하세. 그러고 나서 나도 함께 가겠네. 자네 혼자서는 이성을 잃고 무슨 짓을 저지를지 모르니까."

"저도 갈래요."

라즈베리가 얼른 말했지만, 애슐리는 고개를 저었다.

"넌 안 돼. 위험하니까, 블루로즈."

"거긴 분명 러브호텔일 거예요. 저에게 좋은 생각이 있어요."

라즈베리가 자신만만하게 말했다.

프라이어리 거리는 현란한 간판을 내건 술집이나 싸구려 여관이 늘어선 풍기문란한 거리였다. 앵무새 간판이 걸려 있는 여관 앞에 마차 한 대가 멈춰 섰고, 젊은 남녀가 사람들의 눈을 피해서 그곳으로 살금살금 들어갔다.

여관 안주인은 겉모습이 뻔지르르한 두 남녀를 보고 불륜 커플이라 판단했다. 여자는 얼굴을 가리고 있었지만 꽤 젊은 듯했다.

상류층으로 보이는 청년은 이 층 복도 쪽 방을 내달라고 부탁했다.

"아무래도 미행을 당하는 느낌이 들어서 말이지."

청년이 덧붙인 한마디를 듣고 안주인은 이해한다는 듯 윙크를 했다. 창문에서 아래 상황을 살피고 싶다는 거겠지.

이 층에는 방이 네 개 있었지만 그중에 두 개가 차 있었다. 안주인은 올라가서 가장 안쪽에서 왼쪽에 있는 방으로 그들을 안내했다.

두 사람이 이 층에 올라간 지 얼마 되지 않아서 저벅저벅하고 난폭한 구두 소리가 들렸다. 그리고 안주인 앞에 몸집이 크고 수염이 덥수룩한 사내가 찾아왔다.

"지금, 젊은 남자와 여자가 이곳에 왔지?"

남자는 그렇게 고함지르고 안주인의 만류에도 불구하고 이 층으로 달려 올라갔다. 그리고 이 층에 있는 방을 닥치는 대로 쾅쾅 두드리기 시작했다.

"어이! 마리아! 나와! 네가 바람을 피우고 있다는 거 다 아니까!"

안주인은 큰일이라고 생각했다. 불륜을 저지른 여자의 남편이 쫓아온 것 같았다.

"마리아! 나와!"

안주인이 당황하며 지켜보고 있자 방문을 열고 조금 전의 젊은 청년이 얼굴을 내밀었다.

"이 자식, 마리아를 돌려줘!"

"부인은 당신 같은 사람이 싫다고 하는데!"

"뭐라고!"

좁은 복도에서 두 사람이 실랑이를 벌이기 시작했다. 방 안에 있던 여자도 복도로 나왔다.

"마리아! 돌아가자!"

"부인, 방에 들어가 있어요!"

그 소동에 이 층에 있던 다른 손님이 얼굴을 내밀었다.

"닥쳐!"

"대체 무슨 소동이야?"

그러자 불륜을 저지른 여성이 복도에 접한 방에 있던 남자의 곁에 달려갔다.

"부탁이에요! 살려줘요!"

빼어난 미인이 자신에게 매달리자 놀란 남자의 입이 떡 하니 벌어졌다.

"아가씨, 위험해요……."

그 가느다란 몸을 끌어안으려고 하는 팔 사이로 재빨리 빠져나간 소녀는 남자가 나왔던 방으로 미끄러지듯 들어갔다.

"어, 어이, 기다려!"

남자가 허둥대며 막으려고 했지만 곰처럼 덩치 큰 사내가 느닷없이 그를 잡아 쥐었다.

"무슨 짓이야?! 이거 놔!"

방 안에서 소녀의 목소리가 들렸다.

"있어요! 여자가 있어요!"

동시에 총성이 울렸다.

총성이 났다?!

애슐리는 온몸에 핏기가 가시는 것 같았다.

이 작전을 떠올린 것은 라즈베리였다. 러브호텔이므로 자신과 애슐리가 불륜 커플로 위장하여 방에 들어간다. 그 후에 존슨이 남편인 척하며 복도에서 난동을 부린다.

콜린을 발견했다고 하는 방에 누군가 있으면 분명 나올 것이다.

난잡한 상황을 틈타서 방에 들어가 콜린이 있으면 구출, 없으면 그대로 돌아간다…….

그때는 제법 괜찮은 아이디어라고 생각했지만, 총을 가진 사람이 있을 것이라고는 예상조차 하지 못했다. 범죄자이므로 총을 가지고 있을 가능성도 있었는데 어째서 생각하지 못했을까?!

"라즈베리!"

애슐리는 그녀의 이름을 외치며 방에 들어갔다. 처음에 눈에 들어온 것은 남자와 몸싸움을 벌이는 소녀의 모습이었다. 소녀는 총을 든 남자의 팔을 붙잡고 있었고, 그는 그녀를 떼어내려 하고 있었다.

"이 자식!"

애슐리가 지팡이를 휘두르자 남자는 라즈베리를 매단 채 애슐리를 향해 총을 겨누었다.

"안 돼!"

라즈베리가 남자의 팔을 물었다.

"끈질긴 것 같으니라고!"

굉장한 소리를 내며 라즈베리의 몸이 바닥에 내동댕이쳐 졌다.

"라즈베리!"

애슐리의 신경이 라즈베리에게 향한 순간, 남자의 총이 그를 겨냥했다.

"애슐리!"

금빛이 애슐리를 들이받은 것과 동시에 총성이 울렸다. 애슐리의 시야를 플래티나 블론드 머리칼이 덮었다. 그리고 남자의 비명이 들렸다.

"……."

방에 기묘한 적막감이 가득 찼다. 이윽고 고통스러워하는 듯한 신음 소리와 거친 호흡소리가 애슐리의 귀에 들려왔다.

"라즈베리?"

애슐리는 이윽고 몸을 일으켰다. 가슴 위에 라즈베리가 있었다. 그녀를 지탱하려고 양팔을 잡자 라즈베리가 고통스러운 신음 소리를 냈다. 손에 미끈미끈한 감촉이 느껴졌다…….

애슐리는 자신의 손을 보았다. 새빨갰다.

"라즈베리!"

라즈베리의 드레스 소매가 피로 물들어 있었다.

"괜찮아, 스친 상처야!"

라즈베리는 애슐리의 눈을 보고 또렷한 어조로 말했다.

"애슐리는 괜찮아?"

"난 아무데도—"

애슐리는 고개를 돌렸다. 방구석에 놓인 침대 위에서 존슨이 여자를 안고 있었다. 저 사람이 존슨의 연인인 콜린인 걸까. 그녀를 붙들고 있던 남자 두 명이 바닥에 뻗어 있었다.

"스텝코드님 굉장했어. 복도에 있던 남자를 들어서 저 녀석에게 내던졌거든."

라즈베리는 웃으며 말했지만 안색이 새파랬다. 애슐리는 목에서 스카프를 풀어 라즈베리의 팔에 감았다. 스카프가 점점 피로 물들어갔다.

"다른 상처는? 총성은 두 발이 들렸는데."

라즈베리는 고개를 저었다.

"처음 건 다른 방향으로 날아갔어. 내가 달려드는 바람에 깜짝 놀라서 쏜 것 같아. 총을 뺏으려고 했는데…….."

찰싹, 하고 작은 소리가 났고 라즈베리는 말을 삼켰다.

애슐리가 그녀의 뺨을 가볍게 쳤기 때문이다.

"너 바보야?"

"뭐어……?"

"누가 그런 짓까지 하라고 했어! 목숨을 함부로 하지 마! 용기와 무모함은 다른 거야!"

"애슐……."

애슐리는 양팔로 라즈베리의 몸을 끌어안았다.

"십년감수했어……."

"애슐리……."

여러 사람이 계단을 우르르 뛰어올라오는 소리가 들렸다. 애슐리가 부른 스코틀랜드 야드의 경찰들인 것 같았다.

애슐리는 라즈베리의 피에 젖은 자신의 손을 바라보며 힘껏 움켜쥐었다.

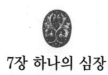

7장 하나의 심장

라즈베리의 상처는 본인이 말한 대로 찰과상이었다. 하지만 귀족의 자녀가 상처를 입는 것은 그 자체로 스캔들이 된다. 총상이라면 더욱더 그러했다.

애슐리는 사건의 설명을 존슨에게 맡기고, 자신은 라즈베리를 데리고 의사에게 갔다.

치료가 끝난 후 거금을 쥐여 주며 외부에 발설하지 않도록 당부했다. 그런 다음 허니서클 하우스에 돌아오자 이번에는 마사의 불호령이 이들을 맞이했다.

"숙녀의 몸에 상처를 입히다니 무슨 일이에요!"

라즈베리가 함께 용서를 구해야 할 만큼 마사는 노발대

발했다. 그리고 라즈베리를 곧장 침대에 억지로 밀어 넣은 후 애슐리에게는 라즈베리에게 다가가지 못하게 하는 벌을 내렸다.

"이런이런."

"뭐가 이런이런입니까. 이제 겨우 라즈베리의 몸에서 멍과 상처가 사라진 참이었습니다. 그런데 정말 오싹하군요! 총에 맞을 뻔했다니!"

하지만 사실은 애슐리도 이렇게 마사에게 혼나는 편이 마음 편했다. 라즈베리에게 상처를 입힌 일은 자신이야말로 스스로를 가장 용서할 수 없었기 때문이다…….

그날 밤— 한밤중 무렵, 애슐리의 서재를 찾아온 이가 있었다.

"라즈베리, 무슨 일이야?"

네글리제 차림의 라즈베리가 살짝 열린 문틈으로 얼굴을 내밀었다.

"낮에 실컷 자서 잠이 안 와……."

애슐리는 잠시 대화를 나누고 싶어 하는 그녀를 자신의 방에 들였다.

"오늘은 미안했어."

높은 책장 앞에 놓인 소파에 앉아서 라즈베리는 고개를 숙였다.

"애슐리가 말한 대로 나, 터무니없는 짓을 했어. 자칫 했으면 콜린 씨나 스텝코드님, 애슐리까지도 위험한 상황에 처하게 했을지도 모르는데."

"나야말로 상처 입은 널 때려서 미안해."

"오라버니가 말괄량이 여동생을 꾸짖은 건데 뭐. 상관없어. 나 기뻤어."

"기뻤어?"

라즈베리가 헤헷 하고 손으로 입을 가리며 웃었다.

"애슐리도 마사도 내가 말썽을 부리면 화를 내잖아. 걱정해 주는 거라고 생각하면 기뻐. 그러면 안 되는데."

"그렇지."

애슐리가 쓴웃음을 지었다.

"넌 이미 몇 번씩이나 내 심장을 뒤집을 만한 행동을 했어. 너 때문에 내 수명이 짧아지면 어쩔 거야?"

"싫어! 미안해."

라즈베리는 진지한 표정으로 펄쩍 뛰었다.

"그렇게 되면 어쩌지?"

애슐리가 품 안에 뛰어든 소녀를 껴안았다.

"흐음, 넌 서커스에서 관객들을 늘 조마조마하게 하잖아. 이제 와서 내 심장은 걱정하지 않아도 돼."

"다른 사람들이랑 애슐리는 달라! 다른 사람의 심장은 어떻게 되든 괜찮아! 하지만 애슐리의 목숨은 내가 지킬 거야. 애슐리는 내가 지킬게."

라즈베리는 진보랏빛 눈동자를 크게 뜨고 애슐리를 바라
보았다. 너무나도 강렬한 의지가 담긴 색깔에 애슐리는 할
말을 잃었다.

"정말이야, 애슐리에게 백 개의 심장을 바쳐야 한다면—
응, 내 심장도 줄게."

"라즈베리……."

얇은 네글리제 소매에 라즈베리의 붕대가 비쳐 보였다.
그때, 총성을 들었던 순간 온몸이 얼어붙었다. 발아래에 어
두운 구멍이 열려, 그곳으로 떨어지는 듯한 착각이 들었다.

남자와 몸싸움을 벌이던 라즈베리를 보았을 때는 오히려
머리가 끓어올랐다. 총구가 자신을 향했지만 두렵지 않았
다. 그런데 총에 맞은 라즈베리가 흘린 피를 보는 순간, 어
떻게 해야 할지 알 수 없었다.

그녀를 잃는다고 생각했다. 그런 생각을 하자 두려워서
견딜 수 없었다.

존슨의 기분을 이해할 수 있었다. 그도 연인을 잃을지 모
른다는 생각에 필사적이었던 것일 터이다.

"라즈베리……."

애슐리는 장밋빛으로 물든 라즈베리의 뺨을 양손으로 감
쌌다. 플래티나 블론드 머리칼이 손가락에 살짝살짝 닿았
다.

"농담이야. 심장은 안 멈춰. 놀리려고 한 거야."

"정말? 심장이 아프지는 않아? 숨은 잘 쉬어져?"

"가슴은— 고통스러울지도 몰라."

"뭐어—?"

"하지만 좋은 약이 있지."

"어디에? 내가 가지고 올게—"

애슐리의 입술 속으로 라즈베리의 말이 사라졌다.

"으응…….."

그녀의 손이 애슐리의 가슴을 짚었다. 애슐리는 몸을 떼지 않기 위해 자신의 양손을 그녀의 등에 둘렀다.

그는 달아나려고 하는 자그마한 혀를 쫓아서 휘감았다. 물기를 머금은 그것을 핥자 소녀의 몸이 움찔거리며 떨렸다.

"……흐읍, 읍."

애슐리는 라즈베리의 등에 두른 팔에 힘을 실었고, 다른 한 손으로 그녀의 작은 얼굴을 고정시켰다. 달아날 곳을 잃은 소녀의 혀와 입은 애슐리의 입맞춤에 농락당했다. 빨아들이고 휘감아서 달콤하게 깨물었고, 몇 번이나 각도를 바꾸어 깊고 얕게 애슐리는 라즈베리의 입안을 범했다.

"하아……."

이윽고 숨 돌릴 틈을 허락받은 라즈베리의 입술에서 달콤한 목소리가 높아졌다. 뺨이 장밋빛으로 물들어 있었다.

먹히기를 기다리는 복숭아 같았다. 분명히 달콤할 것이다.

"라즈베리……."

애슐리는 라즈베리를 껴안고 뺨에 입을 맞추고 목덜미에 얼굴을 파묻었다.

"나의 약…… 가슴에 통증이 가라앉았어."

"나, 나아—"

라즈베리의 팔에 힘이 실리며 애슐리의 셔츠를 잡았다.

"내 가슴도…… 아파…… 약을—"

애슐리는 그녀의 가느다란 쇄골에 입술을 가져다 댔다. 맞닿아 있는 라즈베리의 심장이 두근두근 고동치고 있는 것이 그에게 전해져 왔다.

"나도 약을…… 더, 줘……."

그녀의 풋풋한 유혹에 애슐리는 이제 멈출 수 없게 되었다.

소파 위에 그녀의 몸을 누이고 가슴 언저리에 달린 리본을 잡아당겼다. 작은 단추를 손끝으로 풀자 얇은 레이스 네글리제가 어느새 좌우로 벌어졌다.

라즈베리는 그 아래에 아무것도 걸치고 있지 않았다. 오일램프의 불빛 아래에 아련히 빛나는 살결이 드러났다.

아직 자그마한 젖가슴, 완만한 곡선을 그리는 허리, 머리칼과 동일한 플래티나 블론드 빛의 희미한 그늘이 짜릿할 만큼 가느다란 허리 아래에서 촉촉하게 빛났다. 그리고 사람이 된 인어공주의 것 같은 매끄럽고 가느다란 다리……

애슐리는 라즈베리의 모습을 지그시 바라보았다.

"그렇게…… 보지 마……."

라즈베리는 부끄러워하며 양손으로 몸을 가렸다. 긴 머리칼이 살결을 덮었다.

"굉장히 예쁘니까……."

애슐리는 가슴을 가리고 있는 그녀의 팔을 부드럽게 치웠다. 드러난 가슴 위로 복숭아꽃 봉오리 같은 단단한 젖꼭지가 밤기운에 떨고 있었다.

애슐리는 손바닥으로 젖꼭지를 살짝 감쌌다.

"……아."

라즈베리가 숨을 머금었다. 손바닥에 단단한 돌기가 닿자, 애슐리의 등에 달콤한 고통이 내달렸다.

멈출 수 없다고 애슐리는 생각했다. 머리 한구석에서는 이성적인 또 하나의 자신이 이 상황을 곤란하다고 경고했지만 그 목소리는 점점 잦아들었다.

"라즈베리, ……아직도 가슴이 고통스러워?"

갈라진 자신의 목소리가 귀에 거슬렸다.

라즈베리는 촉촉한 눈동자로 애슐리를 올려다보았다.

"으응— 괴로워."

애슐리는 고개를 숙여서 그녀의 가슴에 입술을 댔다. 달콤한 향기가 치솟았다. 그 끝에 혀를 내밀자 라즈베리의 등이 격렬하게 솟구쳤다.

"가슴……."

라즈베리가 속삭였다.

"작아서…… 미안해."

"난 지금도 좋아."

애슐리는 또다시 라즈베리의 가슴을 보았다. 확실히 작기는 했지만 젖꼭지가 양쪽 다 솟아 있었다. 탱글하게 위로 향한 선홍색 열매는 더 만져 달라며 조르는 듯 보였다.

애슐리는 왼쪽 가슴 끝에 놓인 열매를 손가락으로 집었고 반대쪽 열매는 입에 머금었다.

"하아, 아, 하아아."

라즈베리의 몸이 또 휘어졌다. 그녀의 손가락이 애슐리의 등을 꾸욱 파고들었다. 애슐리는 입술로 열매를 가볍게 물고 혀끝으로 빙글빙글 굴렸다.

"하아, 아…… 흐응……."

코로 내뱉는 뜨거운 소리. 쿵쾅쿵쾅 하고 달음박질치는 고동도 바짝 닿아 있던 귀에 들려왔다. 앞니로 달콤하게 살짝 깨물었다. 보드라우면서도 단단한, 달리 비유할 수 없는 불가사의한 감촉을 즐긴 후에 세게 빨아들였다.

"아아, 안 돼……."

생각지도 못한 느낌에 라즈베리가 양손으로 애슐리의 어깨를 밀쳐내려고 했다. 하지만 앞니로 물고 있었기 때문에 몸을 밀어내자 젖꼭지도 함께 끌려갔다.

"아."

라즈베리가 아팠는지 이번에는 반대로 애슐리의 머리를 양손으로 감싸고 가슴을 향해 끌어당겼다.

"흐으응…… 흐음."

애슐리의 머리를 꼬옥 끌어안고 그녀는 그의 귓가에서 허덕였다. 그 달콤한 목소리가 짜릿짜릿했다. 소리를 좀 더 고조시키고 싶어서 그는 또다시 혀로 애무하며 깨물었다.

"깨, 깨물지 마요."

라즈베리가 하아하아 숨을 어지럽히며 작은 목소리로 애원했다. 애슐리는 자신이 짓궂게 굴고 있다는 생각에 더욱 자극을 받았다.

"맛있을 것 같아서……."

그 말에 라즈베리는 촉촉한 눈으로 그를 다시 바라보며 희미하게 한숨을 내쉬었다. 애슐리는 녹아내릴 것 같은 그녀의 시선에 부끄러워져서 가슴을 괴롭히는 일에 바로 몰두했다.

입술을 떼고 혀끝으로 콕콕 찔렀다. 문지르고 튕겨내듯이 몇 번이고 핥자 라즈베리가 몸을 부들부들 떨었다.

"흐으……."

애슐리는 라즈베리가 허벅지 안쪽을 스윽스윽 비비고 있는 것을 알아차렸다. 그는 살며시 한 손을 내려서 라즈베리의 그곳을 향해 뻗었다.

"아, 하아아……!"

그러자 새된 소리가 라즈베리의 입술을 갈랐다.

애슐리가 만진 곳은 이미 함초롬히 이슬을 머금고 있었다. 손가락에 엉긴 젖은 수풀을 헤치고 가장 뜨겁고 보드라운 부분에 닿은 순간 라즈베리는 눈을 질끈 감았다.

"……."

애슐리는 숨을 쉬는 것도 잊고 깊은 그곳에 중지를 미끄러뜨리듯 넣었다.

"앗……!"

라즈베리가 등을 휘어 젖혔다. 그 바람에 손가락이 들어가 있는 그곳을 앞으로 더욱 내밀게 되어 애슐리의 손가락이 소녀의 몸속에 한결 쉽게 들어갔다.

"흐읍…… 흐응……."

꿀을 데우면 이런 느낌이 들까. 애슐리는 라즈베리의 몸속에서 그렇게 생각했다. 그는 지금까지 몇 명의 여성과 관계를 나눈 적이 있었다. 하지만 그중 누구도 이렇게도 좁고 뜨겁고 조이지 않았다. 이렇게나 등줄기가 떨리는 쾌감 또한 들지 않았다. 아직 손가락 하나를 넣었을 뿐인데 말이다.

"……아프지 않아?"

애슐리는 라즈베리의 뺨에 입술을 대고 속삭였다. 진보

랏빛 눈동자에 눈물이 번져 있었기 때문이다.

"조금…… 그래도 괜찮아, 하아……앗."

애슐리는 라즈베리의 말을 듣자마자 손가락을 두 개로 늘렸다. 귓속에서 비명이 관능으로 바뀌어 갔다.

"라즈베리, 지금부터 내가 뭘 하려는 건지 아니?"

애슐리의 말에 라즈베리는 눈을 뜨고 그를 바라보았다.

"알지만…… 자세히는 몰라."

라즈베리가 우물쭈물 답했다.

"남자와 여자가…… 서로 좋아하면 하는 거…… 지?"

"그래."

"애슐리는…… 날 좋아해……?"

"……좋아해."

그 말이 입에서 자연스레 흘러나왔다. 하지만 그 순간 애슐리의 가슴이 술렁이며 날카로운 가시와 같은 무언가에 갈기갈기 찢어졌다. 그러나 그 아픔도 그가 지금 느끼는 격정을 막을 수 없었다.

그런 애슐리의 마음도 모른 채 라즈베리는 입술을 벌렸다.

"나도 좋아해…… 그러니…… 하아, 그러니까 뭘…… 해도……."

애슐리는 라즈베리의 몸속에 손가락 두 개를 넣은 채 엄지를 앞으로 미끄러뜨렸다. 보드라운 부분 중에서도 단단하게 솟은 곳이 단 하나 있었다. 그 작은 삼각형을 엄지로 문지르자 라즈베리는 손으로 입을 틀어막고 신음 소리를 죽였다.

"예뻐, 라즈베리. 나에게…… 사랑받기 위해 벌써 이렇게 되다니……."

"……이상해. 나 온몸이 붕 떠오르는 것 같아…… 하아, 아…… 손도 다리도 떨어져 나갈 것 같아……."

미끌미끌한 그 작은 돌기를 쓰다듬자 손가락이 들어가 있는 깊숙한 곳에서 끊임없이 꿀이 흘러넘쳤다. 촤악…… 촤아악…… 하고 휘감기는 달콤한 살결, 질척한 소리…….

"아, 하아…… 흐응, 애슐…… 애슐리…… 나……."

"라즈베리, 기분 좋아?"

"무서워— 나 어딘가로…… 하아아, 갈 것 같아……."

"날 잡아. 어디에도 못 가게 할 거야. 넌 여기에 있어."

"애슐리—"

라즈베리는 아래로 뻗은 손을 들어 애슐리의 등에 둘렀다. 애슐리는 손가락을 더 빨리 움직였다.

"나…… 나, 이제…… 안 돼. 안 될 것 같아…… 하아, 아 아아앗—"

라즈베리의 몸이 소파에서 떠올랐다. 그러고는 멋진 활 모양으로 휘어졌다. 소녀는 온몸을 움찔움찔 떨면서 처음으로 느낀 황홀감에 몸을 담갔다.

"하아, 아…… 아—"

플래티나 블론드가 바닥에 털썩 흘러 떨어졌다. 라즈베리는 속눈썹에 눈물이 번진 채 뜨거운 숨을 반복해서 내쉬었다. 애슐리의 등에서 팔이 힘없이 미끄러져 떨어졌다.

츄욱……. 애슐리는 손가락을 뺐다. 라즈베리의 허벅지는 흘러넘친 꿀로 매끌매끌 빛나고 있었다. 애슐리는 그 다리를 부드럽게 안아 올렸다.

"라즈베리."

"……흐응……."

라즈베리가 몽롱한 눈동자로 바라보았다.

"지금부터 여기에 내가 들어갈 거야…… 아플지도 몰라."

"—괜찮아. 나 애슐리를 좋아하니까."

"예쁜 라즈베리…… 난 나쁜 남자야— 정말로."

"나—"

라즈베리가 미소 지었다. 마치 라파엘로가 그린 천사처럼.

"나 애슐리를 용서할게…… 애슐리의 전부를 용서할게…… 당신이 좋아……."

애슐리는 자신의 열기로 라즈베리의 몸을 더듬었다. 라즈베리의 몸은 역시나 긴장하고 있는지 움찔했다.

"숨을 참지 마— 날 느껴."

애슐리는 천천히 라즈베리의 몸속에 들어갔다.

"아, ······아."

무의식적인 것일까, 라즈베리의 몸이 밀려 올라갔다. 애슐리는 그녀를 끌어안고 안심할 수 있도록 머리를 쓰다듬었다.

"이제 조금만 더 참아."

"참을······."

라즈베리는 하아하아 하고 반복해서 거친 숨을 내쉬며 애슐리를 올려다보았다.

"참을······ 테니까······ 키스해 줘······."

"······."

애슐리는 입을 살포시 겹친 후 라즈베리의 혀를 더듬었다.

"읍, 으읍······."

라즈베리의 몸속은 손가락으로 길들였는데도 좁고 조여들었다. 어린 육체의 테두리가 애슐리를 꽉 죄었다. 이대로 움직이면 찢어질지도 몰랐다.

애슐리는 아랫배에 모인 열기의 고삐를 조절하며 폭주하지 않도록 애썼다.

"라즈베리, 라즈베리······ 라즈베리······."

몇 번이나 이름을 부르며 머리를 쓰다듬고 뺨에 입을 맞추고 입술에 키스했다. 라즈베리의 손이 또다시 그의 등을 감쌌고 호흡이 안정을 되찾았다.

"네 몸속에 내가 있다는 거 알겠어?"

"으응…… 알아. 무척 뜨거워……."

"네 몸속이 두근두근거리고 있어."

"애슐리도 마찬가지야. 우리, 심장이 하나가 된 것 같아."

"그렇지. 네 심장은 내 것이고 내 심장은 네 거야."

"기뻐……."

라즈베리는 애슐리를 꼭 끌어안고 가슴에 얼굴을 갖다 댔다.

"이게 하나가 되는 거구나."

애슐리를 감싸고 있던 뜨거운 담요가 수축했다. 조금 움직이자 라즈베리가 '아' 하고 몸을 휘어 젖혔다.

"움직일게."

"으응—"

애슐리는 라즈베리의 몸을 끌어안고 처음에는 천천히 움직이다가 점점 격렬하게 리듬을 새겨갔다. 라즈베리는 애슐리에게 매달린 채 처음으로 알게 된 아픔과 쾌감을 맛보았다.

"애슐리…… 애, 하아…… 몸속이…… 가득……."

라즈베리는 무의식적으로 말을 내뱉으며 애슐리의 어깨에 손톱을 세웠다. 그 작은 아픔이 애슐리를 재촉하여 고삐

를 놓게 했다. 라즈베리는 더욱 안으로 깊숙이 애슐리를 이끌었다.

이윽고 라즈베리는 두 번째 황홀감에 몸을 떨었고, 그와 함께 애슐리도 눈앞이 아찔해지는 쾌감에 떠밀려서 소녀의 몸속에 열정을 퍼부었다—

"……."

라즈베리가 새근새근 숨소리를 내고 있었다.

애슐리가 그녀에게서 몸을 뗐을 때 라즈베리는 의식을 잃어가고 있었다. 호흡이 진정되자 안아서 침실로 살며시 옮겨 놓았다.

침대에 누이고 눈물 자국이 남은 뺨에 입을 맞추었다. 천진난만한 얼굴을 보고 있으니 가슴에 죄책감이 바싹바싹 몰려들었다. 어린 소녀의 몸에 무모한 짓을 저지르고 말았다.

"애슐리는 날 좋아해?"

좋아한다는 말에 거짓은 없었다. 하지만—

"정말 날 용서해 줄 거니, 라즈베리."

시트 위로 흐르는 플래티나 블론드 머리칼을 한 줌 쥐고 입을 맞추었다. 꿈속에 있을 소녀는 그 입맞춤에 아무런 대답도 할 수 없었다.

이튿날.

라즈베리는 침대 위에서 멍하니 있었다.

애슐리의 침실에서 어느새 옮겨졌는지 알 수 없지만, 그보다 중요한 것은 어젯밤의 일이었다.

어젯밤에 애슐리와 나는—

"으아아아아아……."

떠올리는 것만으로도 몸이 뜨거워지고 땀이 흠뻑 났다.

애슐리에게 안겼어!

애슐리에게 사랑받았어!

남자와 여자가 서로 사랑할 때 하는 '그것'을 하고 말았다.

"좋아해……."

애슐리의 자상한 목소리가 들려왔다. 조금 슬픈 듯이 웃음 짓는 그 아름다운 얼굴.

"네 심장은 내 것이고 내 심장은 네 거야."

하나가 되었다.

한숨을 하아 내쉰 뒤 라즈베리는 가슴 위에 손을 모으고 침대 캐노피를 올려다보았다. 몸속과 허리, 그리고 다리 사이가 욱신거리며 아팠지만 그것 또한 그가 몸속에 있었던 증거라고 생각하자 더욱 강렬하게 느끼고 싶었다.

아아, 나, 이대로 애슐리와 연인 사이가 되는 건가? 하지만 난 아직 애슐리의 동생이니 곤란하겠지. 얼른 블루로즈 님을 찾아야 할 텐데. 그러면 난 자유일 테고 애슐리와 홀가분하게 사귈 수 있을 거야. 서커스단의 공중그네 곡예사가 백작님과 결혼— 마치 옛날이야기 같아. 하지만 그 어떤 왕자님보다 애슐리가 멋있어…….

"잘 잤어, 라즈베리."

애슐리는 아침 식사 자리에 이미 앉아 있었다. 그는 온화하게 웃음 지으며 말을 걸었다.

하지만 라즈베리는 그의 얼굴을 보자마자 머릿속이 끓어오르며 얼굴이 뜨거워졌다.

"팔에 난 상처…… 상태는 어때?"

"괘괘괜찮아요……!"

허둥대며 의자에 앉은 탓에 콰당 하고 큰 소리를 내고 말았다. 뒤따라오던 마사가 가볍게 헛기침을 했다.

라즈베리는 고개를 숙인 채 빵을 입에 집어넣었다. 애슐리의 얼굴을 보는 것이 부끄러워서 견딜 수 없었다.

애슐리가 빵을 찢는 저 손가락으로 내 가슴 봉오리를 만졌다…… 애슐리가 홍차를 마시는 저 입술로 나를 더듬었다…… 애슐리가 잼을 맛보듯이 내 몸의 이곳저곳을 핥고 빨아서…….

"라즈베리! 빵을 흘리지 마세요!"

마사의 목소리가 들리자 라즈베리는 깜짝 놀라며 스커트 위를 보았다. 찢은 빵 몇 조각이 흘러 떨어져 있었다.

"아, 죄송합니다!"

허둥대며 주우려고 했지만 몸을 움직인 탓에 빵 조각 몇 개가 바닥에 떨어지고 말았다. 라즈베리는 의자에서 일어나 바닥에 쭈그려 앉았다.

"뭐 하시는 겁니까?! 그러시면 안 됩니다."

납죽 엎드려서 빵 조각을 주우려는 라즈베리를 마사가 나무랐다.

"왜 그러나요, 라즈베리. 바닥에 떨어진 음식을 주워서는 안 된다고 전에 가르쳤잖아요?"

"아, 그랬었지."

라즈베리는 당황하며 일어났다. 그러자 웃음 지으며 자신을 보고 있는 애슐리와 눈이 마주쳤다. 라즈베리는 온몸이 화악 뜨거워지며 전율을 느꼈다.

"나, 나 오늘은 아침 식사 필요 없어."

라즈베리는 그렇게 외치며 아침 식사 자리에서 벗어났다.

"안 돼, 안 돼, 안 돼, 이래서는."

라즈베리는 침대 위에 엎드려서 베개 밑에 머리를 넣고 버둥대며 날뛰었다.

"마사도 이상하게 생각할 거고, 무엇보다 전혀 숙녀답게 행동하지 못했어."

다른 숙녀들은 어떨까. 좋아하는 사람과 하룻밤을 보낸 후에 얼굴을 마주해도 두근거리지 않을까…….

시트에 얼굴을 대고 있어도 뺨에서 나는 열은 전혀 가라앉지 않았다. 이대로는 아침 식사는커녕 점심과 저녁도 걸러야 할 것 같았다.

"아무리 높은 공중그네라도 심호흡 한 번이면 마음이 진정되는데……."

라즈베리가 침대에서 나뒹굴고 있던 순간, 누군가가 문을 조용히 두드렸다. 분명 마사가 잔소리를 하러 왔을 것이라고 생각하며 라즈베리는 어기적어기적 몸을 일으켰다.

"들어갈게."

하지만 들어온 사람은 이 혼란을 야기한 상대인 애슐리였다. 라즈베리는 침대 위에서 몸을 굳혔다.

애슐리가 다가와서 침대에 걸터앉았다. 라즈베리는 베짱이처럼 뛰어올라서 침대 끄트머리에 몸을 바짝 붙였다.

"라즈베리."

그가 이름을 부르는 것만으로도 머리에서 김이 솟을 것

같았다.

"라즈베리, 안 돼."

애슐리는 그런 그녀에게 웃으며 말했다.

"그런 상태로는 우리가 뭘 했는지 누구든 한눈에 알아차
릴 거야."

"아, 미, 미안."

"너와 난 아직 남매 사이니까 말이지. 이러한 관계일 동
안에는 우리 일을 알아채게 해서는 안 돼."

"그, 그러네."

"어제 일은 비밀이야."

애슐리는 그렇게 말하고 검지를 입술에 갖다댔다.

"저, 저기."

침대 구석에 있던 라즈베리는 무릎걸음으로 애슐리에게
다가갔다.

"무슨 일이야?"

"어, 어제 일…… 진심이라고 생각해도 될까?"

"진심이라니 뭐가?"

"어, 어제—"

라즈베리는 시트를 꽉 움켜쥐었다.

"나, 날 좋아한다고…… 말했던 거."

그렇게 말하며 라즈베리는 눈을 감았다. 애슐리가 그건
하룻밤의 실수였고 불장난이었다고 말한다 해도 받아들일

작정이었다. 하지만 애슐리가 그렇게 말한다면 라즈베리는 자신이 어떻게 될지 상상조차 할 수 없었다.

"아아……."

애슐리의 어조에는 아무런 변화가 없었다.

"진심이야. 라즈베리를 좋아해."

라즈베리가 눈을 뜨자 눈앞에서 애슐리가 웃음 짓고 있었다. 어제처럼 슬픈 얼굴이 아니라 여느 때처럼 자상한 애슐리의 얼굴이었다.

"그럼, 그러면."

그럼에도 라즈베리는 여전히 조심스러워 했다.

"블루로즈님을 찾거나 어머님의 파티가 끝나면 애슐리와 사귀어도 돼?"

"그런 걸 걱정하고 있었어?"

애슐리는 의아하다는 듯이 웃었다.

"물론이지. 귀여운 라즈베리. 난 널 놓치고 싶지 않아. 늘 나의 소중한 보물로 있어줬으면 좋겠어."

"애, 애슐리!"

라즈베리는 애슐리의 목을 끌어안았다.

"기뻐! 약속이야! 나 영원히 애슐리랑 함께할 거야!"

"착한 애구나, 라즈베리."

애슐리는 라즈베리의 등에 팔을 둘렀다.

"지금부터 내 부탁을 들어줄래?"

"애슐리를 위한 일이라면 뭐든지 할게."

"고마워, 라즈베리. 네가 정말 좋아."

애슐리는 라즈베리의 뺨을 감싸고 입술에 부드럽게 키스했다. 라즈베리는 그 달콤한 감촉에 황홀히 취해 있었기 때문에 애슐리가 그때 어떤 표정을 짓고 있었는지 알 수 없었다.

"이스트엔드에 돌아갈게."

애슐리의 말에 마사가 실크해트와 지팡이를 가져다주었다.

"웨즐리에 갈 준비를 해야 해서 한동안 이곳에 오지 못할 것 같아. 라즈베리에게 그렇게 전해줘."

"알겠습니다."

"다음에 만나는 건 어머님에게 갈 때라고."

"네— 주인님."

애슐리에게 지팡이를 건넨 마사가 딱딱한 어조로 말했다.

"외람되지만…… 라즈베리에게 이 이상의 기대감을 심지 말아 주셨으면 합니다."

"응?"

마사는 안경에 달린 금 사슬을 움켜쥐고 고개를 들었다.

"서커스 공중그네타기 곡예사가 백작가에서 영애로 대

접을 받으며 무도회에 나간다— 그것만으로도 꿈같은 이야기입니다. 평범한 소녀로서는 이걸로 충분해요. 이 이상의 꿈은…… 악몽입니다. 꿈에서 깼을 때 얼마나 슬플까요."

"무슨 말이 하고 싶은가, 마사."

"저 아이는 블루로즈님의 대역…… 그 이상은 아니라는 겁니다. 저 아이에게도 주인님에게도."

"마사."

애슐리는 실크해트를 깊이 눌러쓰고 그녀에게서 등을 돌렸다.

"난 카마인 백작가의 당주야. 가문을 지킬 의무가 있지. 그를 위해서라면 사랑스러운 꽃도 꺾어버릴 수 있다네. 귀족의 발밑은 이름도 없는 풀들이 떠받치고 있는 거야."

"꽃을 꺾으면 주인님의 손에도 상처를 입게 됩니다. 마음에도 피가 흐를 거예요!"

마사의 비통한 목소리에 애슐리는 돌아보았다. 초록 눈동자가 슬픔에 어둡게 잠겨 있었다.

"난 이미 온몸이 피투성이야."

마사는 이제 더 이상 아무 말도 할 수 없었다. 애슐리는 이미 피를 흘릴 각오를 하고 있었던 것이다.

"그래도 전 라즈베리가 상처 입는 모습을 보고 싶지 않습니다……."

애슐리는 가만히 현관 밖으로 나갔다. 여름 햇살이 실크해트의 차양 너머로 비쳐들었다.

"—애슐리!"

통통 튀는 밝은 목소리가 들려서 고개를 들자 라즈베리가 삼 층 창문에서 손을 흔들고 있었다. 플래티나 블론드가 어깨에서 등으로 펼쳐진 모습이 마치 빛의 천사가 날개를 펼친 것 같았다.

"……."

애슐리는 오른손을 들어서 라즈베리에게 답했다.

단순하고 어리석은, 귀여운 아가씨.

사랑해, 나의 비장의 카드. 나의 인형. 지금은 꿈을 꿔도 괜찮아, 언젠가 그 꿈이 악몽이 될 때까지.

8장 웨즐리를 향하여

런던 북동부에 있는 킹스 크로스 역에서 웨즐리로 향하는 기차가 출발한다.

애슐리와 라즈베리는 홈에 서서, 자신들을 배웅하는 마사와 대화를 나누고 있었다.

라즈베리는 심플한 줄무늬가 그려진 여행용 투피스 드레스를 입고, 머리에는 꽃장식이 달린 작은 밀짚모자를 쓰고 있었다. 머리는 금발로 물들인 후 시뇽 스타일(뒤통수에 낮게 머리를 틀어 쪽을 찌는 스타일)로 정돈한 상태였다.

마사는 라즈베리를 껴안고 '예의를 잘 지키세요', '뛰어서는 안 돼요', '창문에서 뛰어내리지 마세요', '빵을 더 달

라고 해서도 안 돼요' 하고 주의사항을 귀가 따갑도록 반복
하고 있었다.

라즈베리도 마사에게 달라붙어서 '알겠어', '잘 지내',
'몸조심해' 하고 반복해서 말하고 있었다.

"자아, 여성분들. 이걸로 영원히 헤어지는 게 아니니 슬
슬 기차에 타도록 합시다."

애슐리는 어이가 없는 듯 두 여자에게 말을 건넸다. 마사
와 라즈베리는 둘 다 코를 훌쩍이며 아쉬워했다.

마사는 무언가 하고 싶은 말이 있는 듯 애슐리를 보았지
만, 결국 말을 삼키고 라즈베리에게 주의사항만을 일러주
었다.

기차에 탄 라즈베리는 객실에 들어와서 창문을 열고 홈
에 서 있는 마사와 손을 맞잡고 있었다.

함께 살기 시작한 지 한 달 남짓한 기간 동안 둘은 온전
히 마음을 터놓고 지냈다.

이윽고 기차가 길고 새된 경적을 울리고 거대한 수증기
를 뿜으며 천천히 움직이기 시작했다.

마사는 한순간 달리려고 했으나, 가슴팍의 금 사슬을 꼭
움켜쥔 채 홈에서 허리를 곧추세웠다.

"다녀올게— 마사."

라즈베리가 창문에서 몸을 내밀고 외쳤다. 마사는 그 말
에 답하지 않고 소녀의 얼굴을 가만히 바라보았다.

'라즈베리, 당신에게 앞으로 무슨 일이 일어나더라도 전 당신의 행복을 빌어줄게요.'

"마사— 마사아—!"

라즈베리는 여전히 손을 흔들고 있었다. 그 모습이 눈물에 흐려졌지만 마사는 고개를 들고 기차를 하염없이 바라보고 있었다.

흐느껴 울던 라즈베리는 이십 분쯤 지나자 이윽고 눈물을 그쳤다.

앞에 앉아 있는 애슐리가 이런 울보 같은 자신을 어린아이로 볼지 모른다는 생각에 라즈베리는 '에헤헤' 하고 쑥스럽게 웃었다.

"진정됐어?"

"으응— 네. 미안해요."

기차가 덜컹덜컹 부드러운 리듬을 새기며 이른 아침의 풍경 속을 달려갔다. 늘어선 집들이 점차 보이지 않게 되자, 초록빛의 초원이 펼쳐졌다.

라즈베리는 서커스단에 있었을 때 탔던 기차를 떠올렸다. 인원이 많은 데다 동물이나 큰 도구도 있었기 때문에 돈을 절약하기 위해서 늘 화물칸에 탔다. 그러고는 다 함께 바닥에 앉아서 노래를 부르거나 트럼프를 치기도 했다. 누군가 기타를 치고 바이올린을 켜는 등 늘 시끌벅적한 무리였다.

매지컬 서커스단은 대개 런던에서 공연을 하지만 한 해에 한 번 정도는 원정을 나간다. 시골 사람들에게는 서커스 그 자체가 축제나 다름없기 때문에 어디를 가든 환영받았다.

하지만 한 번도 이런 객석에 앉았던 적은 없었다.

일등석에 앉게 되는 일 같은 건 생각한 적도 없었다…….

멍하니 창밖의 경치를 바라보았다. 완만한 초록의 대지, 이따금 보이는 하얀 점은 양 떼인 것 같았다.

"웨즐리까지는 얼마나 걸려요?"

라즈베리가 생각난 듯이 물었다.

"음, 네 시간 정도?"

"네 시간……."

"한적한 곳이야. 분명 네 마음에도 들 거야. 멀리까지 가게 해서 미안해."

라즈베리는 고개를 숙이고 무릎 위로 깍지를 꼈다. 거리가 먼 것은 상관없었다. 실은 영원히 도착하지 않으면 좋겠다고 생각했다.

"어머님…… 괜찮으실까요?"

"괜찮아. 넌 이제 숙녀다우니까."

"하지만 역시 거짓말을 하는 건 무서워요……."

"거짓말쟁이는 나야, 네가 아니야."

애슐리가 라즈베리의 손을 잡았다.

"넌 죄가 없어. 내 부탁을 들어준 것뿐이야. 마음을 편히 가져. 네가 어머님의 파티에 가는 것만으로도 모두가 안심할 수 있어. 모두를 위한 일이야."

"……네."

가슴이 아팠다. 신이 양심이라는 화살을 나에게 쏜 것이 분명했다.

"라즈베리……."

손을 잡고 있던 애슐리의 엄지손가락이 라즈베리의 가느다란 손목을 쓰다듬었다. 그 감촉에 가슴이 쿵쾅거렸다.

"불안해?"

"네, 네에……."

"그 이후로—"

스윽…… 하고 애슐리의 손가락이 레이스로 장식된 라즈베리의 소매 안으로 들어왔다.

"허니서클 하우스에 가지 않았지. 지금까지 널 혼자 내버려 둬서……."

부드러운 팔꿈치 안쪽까지 손가락을 미끄러뜨리며 애슐리가 낮은 목소리로 말했다.

"혼자 둬서…… 미안해."

"애, 애슐리……."

팔 안쪽을 왔다 갔다 하는 애슐리의 장난스러운 손가락

과 그 말로 인해 되살아난 그날 밤의 기억이 몸속을 간질였고, 다리 사이가 뜨거워졌다.

"놔—줘요."

라즈베리가 떨리는 목소리로 말했다. 그러나 애슐리는 손을 놓지 않고 라즈베리의 곁으로 자리를 옮겼다. 빈손을 라즈베리의 등에 두르고 어깨를 감싸며 자기 쪽으로 바싹 끌어당겼다.

"애슐리……."

"가슴에 기대."

애슐리의 말에 라즈베리는 머뭇거리며 그의 가슴에 뺨을 가져다 댔다.

아…… 애슐리의 향기가 났다.

그날 밤에 느꼈던 그의 향기에 라즈베리는 황홀한 듯 눈을 감았다. 조금 전까지 싹트던 불안도 그 향기 속에 녹아드는 것 같았다.

애슐리의 손이 어깨에서 미끄러져 내려와 허리를 끌어안았고, 그런 다음 드레스 자락 아래로 들어갔다.

"애슐리!"

깜짝 놀란 라즈베리가 고개를 들자 애슐리는 한쪽 눈을 감아서 윙크했다. 그는 드레스 아래로 허벅지를 쓰다듬고 있었다.

"널 만나지 못해서 외로웠어…… 라즈베리는? 날 못 만낳는데도 괜찮았어?"

"그, 그렇지 않아. 나도 외로워서…… 계속 보고 싶었어."

"그래?"

라즈베리의 대답이 면죄부라도 되는 듯, 드레스 자락 안으로 숨어들어 간 애슐리의 손이 움직였다.

드로어즈 위로 뜨거워진 부분을 만지자, 라즈베리는 숨을 삼켰다.

"조금만 더…… 허리를 앞으로 내밀어."

한낮임에도 애슐리의 음색은 그날 밤과 다름없었다. 라즈베리는 눈을 질끈 감은 채 허리를 조금 앞으로 내밀었다. 애슐리를 거역하는 일은 생각조차 할 수 없었다.

애슐리가 속옷 위로 라즈베리의 몸을 만졌다. 하지만 얇은 속옷이 그의 손가락을 형태 그대로 느끼게 했다. 기다란 손가락…… 나를 애타게 하는 애슐리의 손가락…….

"애슐……리……."

"라즈베리, 키스해 ."

애슐리가 말하는 대로 라즈베리는 고개를 들어서 그의 입술을 찾았다. 부드러운 그곳을 입술로 감쌌고 혀를 내밀었다. 그러자 곧바로 애슐리가 그녀의 혀를 휘감았다. 츄웃 하고 빨아들이자 라즈베리가 허덕이기 시작했다.

그렇게 입맞춤을 나누면서도 애슐리의 손가락은 라즈베

리의 중심을 문지르고 있었다. 자연스레 라즈베리의 다리가 벌어졌다.

"하— 하아……."

키스를 하던 중에 뜨거운 숨결이 새어나왔다. 라즈베리는 속박되지 않은 쪽의 손을 들어서 애슐리의 옷을 움켜잡았다.

애슐리는 라즈베리의 드레스 자락을 완전히 걷어 올려서 하얀 드로어즈를 드러냈다. 개인실이라서 아무도 들어오지 않는다고는 하지만 야외에서 벌이는 대담한 행위에 라즈베리는 당황했다. 그러나 애슐리의 손가락이 이를 넘어서는 쾌감을 안겨주었다.

"라즈베리…… 나쁜 아이로군. 드로어즈가 젖었잖아."

"애, 애슐리가…… 애슐리가 만지니까……아."

애슐리가 검지와 중지로 집요하게 문지른 그곳에서 뜨거운 것이 흘려 넘쳐 얼룩이 지기 시작했다. 그곳에서 시작된 열이 온몸을 타고 올랐고 전신이 달콤한 쇠사슬로 꽉 죄어드는 것 같았다.

열차가 새된 기적 소리를 질렀다.

"라즈베리, 이제 곧 첫 번째 역에 도착할 거야."

애슐리가 라즈베리의 귓가에 속삭였다.

"창문 너머로 보일 거야. 네가 이렇게 느끼고 있는 모습이."

"아, 안 돼……."

라즈베리는 놀라며 격렬하게 고개를 저었다.

"놔, 놔줘요, 애슐리."

"하는 도중에?"

애슐리는 천을 사이에 두고 라즈베리의 중심을 꽈악 눌렀다.

"아, 하앗!"

"역에 도착하기 전에 끝내도록 해. 네가 제대로 느끼면 놓아줄게."

"그, 그건, 아……하아."

애슐리가 손가락을 움직이는 속도를 높였다. 라즈베리의 무릎이 부들부들 떨리기 시작했다. 애슐리가 정말로 그만둘 마음이 없는 것 같았기에 라즈베리는 손가락이 주는 쾌감에 몰두했다.

"─읍, 하아……."

하지만 천을 사이에 두고 느끼는 자극은 답답했다. 바로 눈앞에서 황홀감이 달아났다.

"흐응……."

라즈베리는 애슐리의 손에 그가 만지고 있는 그곳을 바짝 갖다댔다.

"애슐리…… 안 돼, 안 돼…… 못 가겠어…… 끝나지가 않…… 아……."

진보랏빛 눈동자에 눈물이 그렁그렁한 채 애원하는 라즈베리의 뺨에 애슐리가 입을 맞추었다. 그리고 눈가를 혀끝으로 자상하게 더듬었다.

"그럼 그만둘까?"

"싫어……."

　이런 상태로 내버려 두면 계속 달아오른 채 있어야 한다. 라즈베리는 고개를 젓고 애슐리에게 매달렸다.

"가고 싶어…… 부탁이야, 응……?"

"조르는 법을 배운 건가? 나쁜 아이로군."

　애슐리의 손가락이 그곳에서 멀어졌다고 생각한 순간, 그는 이번에는 드로어즈의 사이드슬릿으로 손을 넣어 직접 만지기 시작했다.

　뜨겁게 젖은 그곳에 애슐리의 손가락이 깊숙이 들어왔다.

"앗! 하아앗!"

　그곳은 애슐리의 손가락을 기억하고 있었다. 그날 밤에 어떻게 사랑받았으며 어떻게 느꼈는지. 손가락이 들어가 있는 그곳에서 쾌감이 나선을 그리며 온몸으로 퍼졌다. 그 쾌감이 라즈베리의 몸속 이곳저곳에 부딪치며 그녀를 달콤하게 자극했고 소리를 높이게 했다.

"아, 아…… 하아아……."

　액체 소리가 츄욱츄욱 울려 퍼졌고 라즈베리는 부끄러움

에 몸을 떨었다. 액체가 이미 허벅지까지 흘러내린 것 같았다.

기적 소리가 울렸고, 역이 보였다.

"애, 애슐리…… 애슐…… 리…… 이."

애슐리는 손가락을 두 개로 늘렸다. 한 손가락은 갈고리 모양으로 구부려서 앞쪽을 문질렀고, 다른 손가락은 안쪽까지 깊숙이 찔러 넣었다.

"흐읍—!"

쌓여 있던 쾌감이 물풍선처럼 무겁게 터졌다. 라즈베리는 몸을 휘어 젖히고 격렬하게 바르르 떨었다.

애슐리가 드레스 자락을 원래대로 돌려놓았다.

"하아…… 앗, 흐응…….."

기차가 홈에 들어왔지만 라즈베리는 경련이 가라앉지 않은 채 애슐리의 가슴에 꼭 붙어 있었다.

애슐리는 그런 그녀의 등을 쓰다듬으며 만족스럽게 웃음 지었다.

기차가 웨즐리에 도착했다. 내리는 승객은 그다지 많지 않았다. 역 입구에서 말 두 마리가 이끄는 검은 마차가 기다리고 있었다.

"아, 알버트."

애슐리가 마부에게 편한 말투로 말을 걸었다.

"마이크로프트님, 오랜만이십……!"

알버트라고 불린 마부는 서글서글하게 인사를 하다가 라즈베리를 보고 숨을 삼켰다.

"블, 블루로즈님?!"

"아아……."

애슐리는 라즈베리를 살짝 보고 알버트에게 웃음 지었다.

"런던에 불쑥 돌아왔지 뭐야. 요전번에는 걱정 끼쳐서 미안하네. 갑자기 저택에서 사라져서 자네들에게 걱정을 끼쳤군."

"아, 아닙니다……."

알버트는 라즈베리의 모습을 물끄러미 바라보았다. 라즈베리는 불편한 듯 고개를 숙이고 마차에 곧장 올라탔다.

지금 라즈베리의 눈은 초록색이 되어 있다. 유리 콘택트렌즈를 사용한 것이었다. 콘택트렌즈는 14세기에 레오나르도 다빈치가 고안했다고 한다. 그 후 19세기 초에 영국 물리학자들의 실험을 거쳐 독일에서 제작되었다.

상품화되어 널리 유통되기까지는 20세기가 되기를 기다려야 했지만, 애슐리는 영국 물리학자들의 협조를 얻어서 라즈베리만을 위한 초록색 칼라 콘택트렌즈를 제작했다.

그리고 머리는 런던에서 금발로 물들였다. 이제 누가 보아도 블루로즈라고 생각할 것이다.

라즈베리의 정면에 앉은 애슐리는, 무릎 위로 단단히 부여잡고 있는 그녀의 손을 꼭 잡았다.

"괜찮아, 블루로즈. 괜찮아."

"애슐리, 나……."

"불안해지면 다시—"

애슐리의 손가락이 라즈베리의 레이스 소매 안으로 들어왔다. 라즈베리의 뺨이 화악 붉어졌다.

"그, 그건 이제 괜찮아요……."

"흐음, 그래? 그때의 네 모습이 무척이나 귀여워서 한 번 더 보고 싶었는데."

"애, 애슐리는 짓궂어……!"

촉촉한 눈으로 흘겨보는 라즈베리를 향해 애슐리는 웃음소리를 높였다.

마이크로프트 애슐리와 블루로즈의 어머니, 에반젤린 카마인이 사는 저택은 숲과 부지가 아주 넓었기 때문에 정문에서 마차로 십 분 정도 달려가야 했다. 저택으로 뻗은 하얀 길 좌우로 초록 잔디밭이 완만한 언덕처럼 펼쳐졌다. 그 언덕 이곳저곳에 흰 석상이 놓여 있었다. 전부 날개 달린 천사의 조각상이었다.

"어머님의 취미야."

애슐리가 살며시 라즈베리에게 설명했다.

"전부 마흔여섯 개야. 늘어나지 않았다면 말이지. 이곳에서 블루로즈와 숨바꼭질을 자주 했어."

"와아……."

라즈베리가 창을 들여다보자 이쪽을 가리키는 천사의 모습이 보였다. 지금의 라즈베리에게는 비밀을 떠안고 있는 만큼 그 모습이 무섭게 보였다.

거짓말쟁이가 여기에 있다고 비난하는 듯해서 라즈베리는 서둘러 고개를 돌렸다.

"저택에 도착하면 우선 어머님께 인사를 드리렴. 어머님 외에는 모두 네가 반년 전에 이 저택에서 사라져서 다 함께 찾아다녔다는 사실을 알고 있어. 누가 뭔가를 물어도 아무 대답도 하지 말고 웃고 있으면 돼. 혹시 깊이 캐묻는 사람이 있으면 나에게 물어보라고 해."

"네— 알겠어요."

저택에 가까워졌다. 저택은 지난 세기에 지어진 유서 깊은 건물로 컨트리 하우스라고 불리고 있었다. 런던에 있는 타운 하우스와는 크기부터 달랐다. 라즈베리의 눈에는 성처럼 보였다.

'저 저택에서 블루로즈님으로서 행동해야 하는 거구나…….'

그렇게 생각하자 온몸이 떨렸다.

'하지만 내겐 애슐리가 있어. 이 일이 끝나기만 하면 애

슐리의 곁에 라즈베리로서 있을 수 있는 거야.'

정원의 천사들이 질타해도 상관없다. 나는 블루로즈다. 완벽한 애슐리의 여동생…….

저택 앞에 하인 여러 명이 늘어서 있었다. 당주와 그의 동생을 맞이하기 위해서.

성대한 연극의 막이 열렸다.

9장 천사관

"어머, 블루로즈……."

의자에 앉아 있던 그 사람은 새하얀 레이스가 장식된 아름다운 드레스에 감싸여 마치 요정의 여왕 같았다. 그녀가 펼친 양손 사이로 라즈베리는 몸을 던졌고 뺨에 입을 맞췄다.

"어머님……."

"블루로즈도 참. 전엔 왜 아무 말 없이 돌아간 거니? 인사도 하지 않고. 정말 서운했어."

"죄송해요……. 오라버니랑 좀 다퉈서요."

"블루로즈. 언제까지 아이처럼 그럴 거니. 넌 이제 시집도 갈 수 있는 나이란다."

"죄송해요. 이젠 안 그럴게요."

어머니의 가슴에 얼굴을 파묻은 라즈베리는 자상하게 머리를 쓰다듬는 손길에 울음을 터뜨릴 것 같았다. '어머니'라고 부를 수 있는 날이 다시 한 번 더 찾아오다니. 이렇게 따스하게 안길 수 있다니.

"이번에는 싸우지 말고 돌아가는 날에 제대로 인사하고 가렴."

미소 짓는 어머니는 마치 소녀 같았다. 아련하고 아름다워서 이런 사람이라면 누구인들 지키고 싶은 생각이 들 것 같았다.

"어머님."

애슐리는 에반젤린의 손을 잡고 입을 맞추었다.

"블루로즈도 많이 반성하고 있습니다. 긴 여행으로 지친 듯하니 방에 보내도 될까요?"

"아아, 그렇지. 블루로즈 괜찮니? 얼른 쉬고 저녁에 생생한 얼굴을 보여주려무나."

"네, 어머님."

라즈베리는 드레스 자락을 잡고 허리를 숙인 다음 방에서 물러났다. 그리고 문밖에서 후욱 숨을 내쉬었다.

'제1단계는 성공이야.'

눈물을 쏟을 것만 같은 눈가를 눌렀다. 유리 콘택트렌즈가 눈물에 흘러내릴지 모르기에 주의가 필요했다. 새 렌즈를 간단히 손에 넣을 길이 없었기 때문이다.

'제2단계는……'

"블루로즈 아가씨."

젊은 시녀가 방긋 웃음 지으며 앞에 서 있었다. 빨간 머리에 주근깨, 촌티나지만 건강하고 친근감 가는 얼굴을 하고 있었다.

"무사히 돌아오셔서 안심이에요."

"고마워, 으음, 에밀리."

"네."

"짐을 옮겨줄래?"

에밀리는 어머니의 저택에서 블루로즈의 시중을 드는 메이드였다. 블루로즈가 저택에 올 때마다 에밀리는 그녀를 돌보았다. 하루 종일 함께 있는 것은 아니지만 블루로즈도 그녀를 마음에 들어 했고 또래여서 친밀하므로 주의를 기울여야 한다고 애슐리가 말한 메이드였다.

하지만 그녀도 아무런 의심 없이 라즈베리의 명령에 따라서 무거운 가방을 들어 올렸다.

라즈베리는 그녀의 뒤를 따라서 계단을 올라갔다.

"그건 그렇고 블루로즈님, 그땐 모두 걱정했어요."

방에 들어가 가방에서 드레스를 꺼내며 에밀리가 말했

다. 웨즐리 저택은 방 크기도 허니서클 하우스의 배에 달했다.

"갑자기 저택에서 자취를 감춰 버리시다니. 애슐리님의 지휘로 숲 속을 뒤지기도 했고 경찰에게 부탁도 했었어요."

에밀리는 허물없이 말을 걸어왔다. 블루로즈는 이런 말투를 허락했던 걸까.

"으응, 그랬지. 오라버니께 걱정을 끼쳤어."

"대체 무슨 일이셨어요? 비밀은 지킬게요. 저한테만 알려주세요."

에밀리가 진지한 눈으로 바라보자 라즈베리는 몸이 굳어졌다. 웃으며 얼버무리라고 애슐리가 말했지만 이렇게 진솔한 아이에게는 통하지 않을지도 모른다.

"저, 저기 에밀리……."

"네."

"지금은 아직…… 말할 수 없어. 하지만 언젠가 반드시 너한테만 사실대로 말할게. 그때까지 기다려 줄 수 있어?"

라즈베리는 양손을 모으고 에밀리를 바라보았다. 여자아이는 비밀을 굉장히 좋아한다. 그리고 '너한테만'이라는 말도 좋아할 터였다. 자신이 누군가의 특별한 한 사람이 되는 것은 진심으로 기쁜 일이다. 게다가 상대는 백작 영애다.

"아가씨……!"

에밀리는 라즈베리의 손을 양손으로 덥석 움켜잡았다.

"물론이죠, 아가씨! 부담스럽게 여쭤서 죄송해요. 저 언제까지고 기다릴게요!"

"에밀리!"

"아가씨!"

라즈베리는 에밀리를 꼭 껴안았다. 속이 빤히 들여다보이는 말이라고 생각했지만 이게 자신의 역할이므로 어쩔 수 없었다.

"─저녁 식사 시간 때까지 방에서 쉬고 싶어. 어머님과 오라버니께 그렇게 전해줄래?"

"네, 알겠습니다."

에밀리가 방에서 나가자 라즈베리는 온몸에 힘을 빼고 천장을 보며 침대에 쓰러져 누웠다.

굉장히 지쳐 있었다. 서커스에서 공중그네를 세 번 연속으로 탔을 때만큼 피곤했다.

"몸이 피곤한 건 아닌데…… 거짓말을 하는 건 힘든 일이야."

이럴 때 거꾸로 돌면 속이 후련해질지도 모르지만…….

에밀리가 드레스를 벗겨 주었기 때문에 라즈베리는 지금 네글리제 한 장만 입고 있었다. 머리 위로 네글리제를 벗자 라즈베리는 완전히 알몸이 되었다.

손발을 가볍게 털고 양팔을 위로 올렸다. 그런 다음 왼쪽 다리를 뒤로 들어 올려 머리 위에서 잡아 보았다. 다른 한쪽도 마찬가지로 잡아본 다음, 이번에는 등을 휘어 젖혀서 바닥에 양손을 대고 다리 형태를 만들었다. 그다음에는 다리를 들어 올려서 한 바퀴 돌았다.

"좋았어……."

한번 크게 심호흡을 한 다음, 라즈베리는 바닥을 차고 그 자리에서 공중제비를 했다. 착지할 때 몸이 흔들리자 그 우스꽝스러운 모습에 혀를 찼다.

"몸이 굳었어……."

두세 걸음 도움닫기를 하고 날아보았다. 시선이 빙글 돌았고, 양발을 모은 후 착지했다. 이번에는 기분 좋게 마무리했다.

라즈베리는 기뻐서 세 번 연이어 날았다. 허니서클 하우스에서는 방이 좁아서 이렇게까지 날아오를 수 없었다. 복도 끝에서 끝까지 옆돌기를 한 적은 있지만 곧바로 마사가 달려와서 호되게 혼쭐을 냈다.

"역시 매일 연습을 해야겠어."

높이 점프를 하거나 다리 형태를 만들어서 걷거나 다리를 크게 벌려서 바닥에 엎드리는 등 몸을 몹시 괴롭히고 나자 드디어 후련해졌다. 가볍게 숨을 몰아쉬면서 사용했던 근육을 풀기 시작했을 때였다.

"──블루로즈."

문을 노크하고 애슐리의 목소리가 들렸다.

"아, 네."

라즈베리는 무심코 대답을 한 후 자신이 알몸이라는 사실을 깨달았다.

"꺄아아아!!"

황급히 침대로 뛰어든 동시에 애슐리가 문을 열었다.

"아, 자고 있었어?"

담요를 빈틈없이 목까지 끌어올리고 있는 라즈베리에게 애슐리가 웃음 지었다.

"오, 오라버니, 무슨 일이세요?"

"으응—"

애슐리가 다가와서 침대에 걸터앉았다. 라즈베리는 불편한 듯 몸을 구석으로 옮겼다.

"첫날이기도 하니 기분이 어떨까 해서."

"아, 고마워요. 그럭저럭 괜찮아요."

"그래? 그럼 다행이야. 어머님과는 기본적으로 식사 시간 정도밖에 마주치지 않을 거야. 그리고 콘택트렌즈를 계속 끼고 있으면 눈이 건조해져서 아플 테니까 방에 돌아왔을 때는 빼고 있어도 괜찮아."

"하지만 누가 언제 올지 몰라서."

"그렇지만 네 눈이 더 걱정이야. 그리고 난 초록색 렌즈보다 네 진보랏빛 눈동자를 좋아하니까."

애슐리의 말에 몸이 두둥실 떠오를 만큼 기분이 좋아졌다.

"그것보다 추워? 이불을 그렇게나 덮고 있고."

애슐리가 걱정스러운 표정을 지었다. 라즈베리가 당황하며 고개를 저었다.

"아, 아니요. 전혀요."

"얼굴도 빨갛고 땀도 흘리고 있는데?"

애슐리가 손을 뻗어 이마에 대려고 하자 라즈베리는 얼른 머리까지 담요를 뒤집어썼다.

"괜찮아요! 그, 그것보다 숙녀의 방에 오래 있어서는 안 돼요, 오라버니!"

"알겠어. 그럼 잠시 후에 저녁 식사 시간 때 보자."

애슐리는 일어나는 순간, 바닥에 떨어진 무언가를 발견했다.

"블루로즈……."

"네, 네에?"

그것을 주워 든 애슐리가 웃으며 말했다.

"잘 때는 잠옷을 입고 자렴."

"!"

그것은 아까 벗어 던졌던 네글리제였다.

어머니의 생신 파티는 닷새 후에 열릴 예정이었다. 라즈베리는 그때까지 최대한 사람과 마주치지 않도록 노력하며 보내기로 했다. 하지만 방안에 가만히 들어앉아 있는 것은 그녀의 체질상 맞지 않았다.

"블루로즈 아가씨, 어디에 가세요?"

몰래 나가려 했지만 어디에서 보고 있었는지 에밀리가 달려왔다.

"저, 저기, 숲에 산책이라도 갈까 해서."

"그럼 제가 같이 갈게요."

"괜찮아, 바로 근처인데다 잘 아는 길이야."

"안 돼요. 요즘은 동물들이 활동하는 시기니까요. 사슴이나 족제비에게 습격당하면 어쩌실 거예요."

"하지만……."

라즈베리는 곤란했다. 가능하다면 숲에서 혼자 뛰어다니고 싶었다. 무거운 드레스도 구두도 벗어 던지고 눅눅한 땅 위를 굴러다니고 싶었는데.

"내가 같이 갈게."

계단 위에서 목소리가 들렸다. 올려다보자 애슐리가 난간에서 얼굴을 내밀고 있었다.

"말을 타고 가면 그렇게 멀지 않아."

"말이라고요?!"

라즈베리가 폴짝 뛰어올랐다. 에밀리가 놀라서 눈을 끔벅거렸다. 지금 무언가 헛것을 본 걸까…….

"나…… 저도 타고 싶어요!"

"아가씨, 말을 탈 수 있으세요?"

"물론이야! 서커스에 있었을 때 자주……."

애슐리가 황급히 라즈베리의 입을 막았다.

"블루로즈가 런던에서 서커스 말이 하는 곡예를 봤거든, 그 이후부터 승마 연습을 시작했지."

애슐리의 손에 입이 틀어 막힌 채 라즈베리는 고개를 꾸벅꾸벅 끄덕였다.

"그러셨어요? 대단하시네요! 저, 서커스란 거 한 번도 본 적이 없지만 분명 멋지겠죠?"

"응! 물론이야! 멋있어."

라즈베리는 저도 모르게 외쳤다.

"꽃장식을 단 말의 곡예, 커다란 공 위에서 부리는 피에로의 곡예, 사람이 사라지는 마술, 수십 개의 나이프 던지기, 불붙은 링을 넘는 사자. 게다가 뭐니 뭐니 해도 클라이맥스는 공중그네지!"

"어머!"

에밀리는 양손의 깍지를 끼고 황홀해했다.

"천막에서 구경꾼들의 환호성이 울려 퍼지는 가운데 크게 흔들리는 공중그네. 나무판 한 장 위에 서서 멀리 저쪽에 있는 공중그네를 향해 날아서 이동하는 순간이 오면……!"

"아, 한번 보고 싶어요. 아가씨!"

"꼭 봐! 인생에 서커스가 없다는 건 관 속에서 사는 거나 다름없어."

"거기까지야, 블루로즈."

애슐리가 라즈베리의 어깨에 손을 올렸다.

"네가 서커스를 좋아하는 건 잘 알겠어. 하지만 웨즐리까지 서커스단은 오지 않아. 게다가 누구든 런던에 갈 수 있는 건 아니야."

"아……."

라즈베리는 고개를 푹 숙였다.

"미안해, 에밀리. 나도 참 조잘대고 말았네."

에밀리는 그런 라즈베리에게 함박웃음을 지었다.

'아니요, 괜찮아요, 아가씨. 저 언젠가 서커스를 보겠다는 꿈을 가지게 되었으니까요. 기대하고 있을게요' 하고 에밀리가 라즈베리를 위로했다.

에밀리의 도움을 받아서 승마용 드레스로 갈아입고 라즈베리는 애슐리와 함께 저택에서 나와 마구간으로 향했다.

"나, 서커스를 보러 오지 못하는 사람이 있을 줄은 생각하지도 못했어. 확실히 매지컬 서커스단도 북쪽에는 간 적이 없어. 언젠가 웨즐리에 공연하러 오고 싶어. 에밀리와 이 지방 사람들에게 보여주고 싶으니까."

"넌 정말로 서커스를 좋아하는구나."

"응. 좋아해. 사랑해. 하지만."

"하지만?"

라즈베리는 뒤를 돌아보고 애슐리를 향해 싱긋 웃었다.

"지금은 애슐리를 가장 좋아해."

"라즈……."

라즈베리는 얼굴을 화악 붉히며 마구간을 향해 타박타박 뛰어갔다. 그 뒷모습을 눈으로 좇으며 애슐리는 이마를 감쌌다.

"라즈베리…… 이건 벌인 걸까? 아무리 억누르려고 해도 널 좋아하는 마음은……."

마구간에서 말 두 필을 빌린 후, 애슐리와 라즈베리는 숲으로 나갔다. 라즈베리는 보는 눈이 있을 때는 말 등에 옆으로 앉아 있었지만, 숲 속에 들어가서는 대담하게 다리를 벌리고 걸터앉았다.

"원래는 서서 타는 게 편하지만."

"보통 사람은 말 등에 서서 타지 못해."

"그래? 난 물구나무서기도 할 수 있는데."

"그만둬. 부탁이니까."

라즈베리가 경쾌하게 웃었다.

숲 속은 밝았고 새소리가 여기저기에서 울려 퍼졌다. 에밀리가 말한 대로 동물들을 많이 볼 수 있었다. 나무 위에는 다람쥐가, 수풀에는 토끼와 들쥐가 있었다. 그리고 가지에서 가지를 타고 이동하는 것은 날다람쥐인 듯했다.

나뭇가지 사이로 새어드는 몇 가닥의 햇살이 초록 이끼와 수풀에 떨어졌다. 생명력 넘치는 자연의 숨결이 초록의 짙은 향기가 되어 두 사람을 감쌌다.

"에밀리가 사슴이 있다고 하던데……."

"아, 가을에 종종 사슴 사냥을 했다고 하더군. 윗대의 이야기지만."

"애슐리는 안 해?"

"난 서툴러. 총을 드는 게 무섭기도 하고."

애슐리는 말을 이끌며 라즈베리를 안내했다.

"이쪽에 작은 강이 있어. 말을 쉬게 하자."

졸졸 흐르는 작은 강은 유속이 빨랐지만 깊이는 무릎에도 닿지 않았다. 라즈베리는 레이스업 부츠를 벗고 물속에 발을 담갔다. 사람을 무서워하지 않는 작은 물고기가 하얀 발 위로 헤엄쳐 다녔다.

애슐리는 말에게 물을 먹이고 있었다. 물이 튀는 소리에 고개를 들자, 라즈베리가 스커트를 무릎까지 걷어 올리고 물속을 걸어 다니고 있었다.

"마사가 보면 쓰러지겠군."

"마사도 강에 들어오면 좋을 텐데. 이렇게 기분이 좋다는 걸 모를 거야."

물을 튀기는 하얀 장딴지가 눈부셨다. 애슐리는 옆에 있
는 나무에 말고삐를 매고 신발을 신은 채 작은 강에 들어왔
다.

"어머, 오라버니, 구두가 젖잖아요."

라즈베리가 장난스럽게 말했지만 애슐리는 답하지 않고
그녀를 번쩍 들어 올렸다.

"꺄악, 뭐하는 거야?"

"네 하얀 발이 내 심장을 걷어찼어."

"나 그런 적 없어."

작은 강을 첨벙첨벙 가르며 부드러운 이끼 융단에 라즈
베리를 앉혔다. 라즈베리는 황홀한 듯 애슐리를 올려다보
았다.

"말괄량이 공주님에게 키스해도 될까?"

"애슐리……."

라즈베리가 답하기 전에 애슐리는 그녀의 입술을 덮었
다. 라즈베리는 그의 금발 너머로 빛나는 푸른 하늘을 보았
다. 새가 정면으로 가로지르며 날아갔다.

"강에서 그렇게 조잘대기나 하고…… 다리에 또 상처가
나면 어쩔 거야?"

애슐리가 그렇게 말하며 그녀의 젖은 하얀 다리를 잡았
다. 작은 핑크빛 발톱이 가지런히 늘어선 발에 상처는 없었

지만, 애슐리는 발가락을 하나하나 간질이며 확인했다.

"애, 애슐리……."

다리를 만지자 라즈베리의 몸의 경계가 풀어졌다. 그러자 그 간지러운 감각이 다른 감각으로 바뀌어 갔다. 라즈베리의 몸속은 애슐리의 손가락이 주는 쾌감과 이를 향한 기대감으로 흐물흐물 녹기 시작했다.

애슐리의 손이 장딴지로 스르륵 올라왔다.

"아……."

달콤한 소리가 고조되자 라즈베리는 황급히 입을 손으로 막았다. 애슐리는 미소 지으며 라즈베리의 다리를 자신의 얼굴에까지 들어 올려서 발가락 끝을 입에 물었다.

"애, 애슐리, 무슨……."

"전부터 네 발이 설탕과자 같다고 생각했어."

애슐리의 붉은 혀가 발가락 사이를 더듬었다. 움찔움찔하는 쾌감이 스커트를 누르고 있던 라즈베리의 손을 떨리게 했다.

"라즈베리……."

애슐리가 낮고 뜨겁게 그녀의 이름을 불렀다.

"보여주지 않을래? 네 비밀……."

"하아…… 아, 안 돼―"

드로어즈를 벗기고 스커트를 무릎까지 걷어 올린 채, 라즈베리는 양손을 뒤로 짚은 상태로 다리를 벌리도록 애슐리에게 명령받았다. 떨리는 두 다리 사이에서 옅은 덤불이 흘러넘치는 꿀에 반짝반짝 빛나고 있었다.

"좀 더 벌려."

"아—"

애슐리에게 명령받으면 거부할 수 없었다. 애슐리에게서 배운 쾌감을 향한 기대감과 수치심 사이에서 라즈베리의 무릎은 천천히 벌어지고 있었다.

새가 노래하고 햇살이 떨어지는 밝은 야외에서 이런 짓을.

현기증이 날 것 같았다. 그럼에도 그곳에서는 애슐리가 만져 주기를 바라며 끈적끈적한 꿀이 흘러넘쳤다.

"이제 조금만 더."

어깨너비까지 간신히 벌렸지만 애슐리는 용납하지 않았다.

"보, 보지 마……아……."

라즈베리는 애슐리에게서 고개를 돌리고 무릎을 더욱 벌렸다.

"예뻐, 라즈베리. 부끄럽지만 기분 좋지? 지금부터 내가 뭘 할지 불안하겠지만 기대해도 될 거야."

"아, 안 돼…… 에……."

애슐리가 자신의 마음을 꿰뚫어보고 있다는 생각에 라즈

베리는 고개를 저었다. 땋아 올린 금발 몇 가닥이 흘러내렸다. 난 어째서 이렇게 음란한 걸까. 애슐리를 원하고 그에게 안기고 싶어서 참을 수 없었다.

이렇게 야외에서 부도덕한 짓을 저지르다니.

방울져 떨어진 꿀이 초록 이끼에 스며들었다. 라즈베리는 하아하아 허덕이며 눈물이 번진 눈으로 그를 바라보았다.

애슐리는 라즈베리의 몸속을 가만히 바라보고 있었다. 그 눈동자를 보자 수치심 이상의 욕망이 끓어올랐다. 이런 모습으로 더 내버려 두는 건……

"안 돼……."

땅을 짚고 있던 팔이 부들부들 떨렸다.

"애, 애슐리…… 부탁이야, ……이제……."

"이제?"

"이제― 그만해…… 이런 거…… 싫어……."

"원하는 거야? 라즈베리?"

"으, 응……."

라즈베리가 고개를 끄덕이자 애슐리의 손이 무릎 위로 올라갔다.

"날 원하는 네가 무척이나 귀여워."

애슐리가 무릎을 부드럽게 쓰다듬자 그것만으로도 라즈베리는 등줄기가 떨렸다. 애슐리도 이끼 위에 앉아서 라즈베리의 몸을 양손으로 끌어안았다. 그런 다음 자신의 무릎 위에 라즈베리를 올렸다.

"아…… 이런 거……."

"조금 버거울지도 몰라."

애슐리가 라즈베리의 허리를 천천히 내리자, 무르익은 그곳에 그의 단단한 물건이 닿았다.

"하아……!"

여린 살을 비집고 애슐리의 검이 깊숙하게 찔렀다. 라즈베리는 달아나지도 못한 채 아래에서 수직으로 뚫렸다. 하지만 애가 달아서 끈적끈적하게 녹은 비밀스러운 부분이 그것을 고통이 아닌 쾌감으로 바꾸었다.

"……앗, 하아…… 아……."

시냇물이 졸졸 흐르는 소리에 섞여 또 다른 습한 소리가 났다. 이에 뒤섞인 채 코로 내는 달콤한 소리가 나무 사이로 메아리쳤다.

"아, 아, 하앙…… 아아아—"

편안한 자세를 취한 애슐리의 허리를 향해 라즈베리는 다리를 벌리고서 그 열기에 애달아하고 있었다.

애슐리는 양손으로 라즈베리의 가느다란 허리를 끌어안고, 라즈베리는 애슐리의 어깨에 양손을 얹은 채 서로 같은 리듬을 새겨갔다. 앞단추가 달린 상의는 이미 벗겨져 있었고 라즈베리는 허리에 스커트만 두르고 있었다.

"애, 애슐리……이, 애슐리, 아, ……아아……."

애슐리는 탱탱하게 솟아오른, 체리 빛 열매를 입에 물고 혀끝으로 굴렸다.

"라즈베리…… 기분 좋아?"

"흐응…… 좋아……."

애슐리가 허리를 밀어 올리자 라즈베리의 등이 휘어지며 머리칼이 땅에 닿을 것 같았다.

"라즈베리, 좀 더 ……움직여."

"하아…… 흐응, 거기…… 멈추지 마…… 아아."

기다린 끝에 느끼는 쾌감은 무척이나 격렬했고 라즈베리는 애슐리에게 매달린 채 허리를 움직였다.

더 깊게. 더 안으로.

애슐리의 물건으로 몸속을 가득 채우고.

말로 표현할 수 없는 마음으로 라즈베리는 애슐리의 머리칼을 헤집었다. 애슐리도 라즈베리의 작은 언덕에 얼굴을 묻고 그녀의 몸속을 격렬하게 헤집었다.

"라즈…… 베리……."

쾌감의 색이 짙은, 취한 듯한 애슐리의 목소리가 라즈베리를 더욱 느끼게 했다.

애슐리의 입술을 찾아서 라즈베리는 자신의 입술을 갖다 댔다. 혀를 격렬하게 휘감아 빨아들이자 애슐리가 목청 깊숙이 신음했다.

"애슐리…… 좋아해, 좋아해……."

라즈베리가 그를 껴안고 속삭이면 애슐리도 그녀를 다시 꼭 껴안아 주었다. 몸이 부르르 떨렸고 그는 그녀의 몸속을 더욱 격렬하게 뚫었다.

"크읍, ……하아……!"

"아아아아아…… 하앙!"

라즈베리는 몸속에서 뜨거운 물보라를 느꼈고, 나뭇가지 사이로 쏟아지는 햇빛이 그녀의 눈 속으로 튀어들며 시야가 새하얘졌다…….

10장 멀리서 들리는 천둥소리

사흘째 되던 날에 일어난 일이었다.

테라스에서 멍하니 밖을 내다보고 있던 라즈베리는 마구간에서 나온 마차가 현관으로 오는 것을 보았다.

"어머? 애슐리가 외출하는 걸까?"

서둘러 방에서 나와 홀에 가자 예상했던 대로 애슐리가 실크해트와 지팡이를 받아 들고 있는 참이었다.

"오라버니, 어디에 가세요?"

"아, 으응……."

애슐리는 라즈베리를 살짝 보고 애매하게 대답한 후 등을 돌렸다. 평소라면 곧바로 답해 줄 텐데…… 하고 생각하던 라즈베리는 깜짝 놀랐다.

"기다려요, 오라버니."

아무런 대답도 없이 마차에 타려고 하는 애슐리를 쫓아서 라즈베리도 마차에 올라탔다. 애슐리가 흠칫 놀라는 표정을 지었다.

"내리렴, 블루로즈."

애슐리가 평소와 다르게 엄한 목소리로 말했다.

"아니요, 오라버니. 저도 함께 갈래요."

"블루로즈, 안 돼, 일이야."

"거짓말이잖아요."

"뭐?"

라즈베리는 애슐리를 지그시 바라보았다.

"……찾은 거죠?"

애슐리가 미간을 찡그렸다. 무엇을, 이라고 말하지 않았던 것은 두 사람에게 있어서 찾는 대상이 동일했기 때문이다.

"같이 가고 싶어요."

"……어째서?"

라즈베리는 애슐리에게 몸을 바짝 붙이고 속삭였다.

"혹시 진짜 블루로즈님이 함께 돌아오게 된다면 큰일이잖아요. 저택에 블루로즈가 두 명이 있게 돼요."

"……."

애슐리는 잠시 망설이는 듯했지만, 이윽고 포기했는지 라즈베리의 동승을 허락했다. 저택 사람에게는 오늘 밤 늦게 혹은 내일 아침에 돌아올 것이라고 전했다. 에밀리가 서둘러 라즈베리에게 모자를 가져다주었다.

"역까지 부탁해."

애슐리는 마부에게 명령했다. 대답하는 목소리를 듣고 라즈베리는 그가 예전에 마중하러 나왔던 알버트가 아니라는 사실을 알아차렸다.

"기차를 타는 거야?"

마차가 움직이기 시작하자 라즈베리가 살며시 물었다.

"응, 다음 역인 프록크로에 갈 거야."

"다음 역?"

"웨즐리에선 꽤 찾아다녔지만, 설마 그렇게까지 먼 곳까지 가 있을 줄은 생각지도 못했어. 동생은 사라졌을 때 돈 같은 건 가지고 있지 않았으니까."

"유괴당한 걸까?"

"모르겠어. 하지만 동생의 모습을 봤다는 보고가 있었으니 살아 있는 건 확실해."

"다행이야."

라즈베리는 마음을 놓으며 자리에 몸을 기울였다.

"어머님께서 기뻐하시겠어."

"어머님은 지금도 기뻐하고 계셔."

라즈베리는 조용히 고개를 저었다.

"친딸과는 비교할 수 없을 거야. 난 이제 거짓말을 하지 않아도 되고."

"······그렇지."

"게다가······."

"응?"

라즈베리는 후훗 하고 웃으며 고개를 저었다.

"아무것도 아니야."

이걸로 동생 역할은 끝이야. 나는 애슐리의 연인이 될 수 있어!

웨즐리 역에 도착하자 마차에서 내린 후 창구에서 프록크로까지 가는 표를 샀다. 열차가 자주 다니지 않아서 지금 길을 나서면 돌아오는 것은 역시 내일이 될 듯했다. 애슐리는 마부에게 내일 오후에 마중을 나오도록 지시하고 저택으로 돌려보냈다.

"알버트는 왜 안 보여?"

라즈베리는 마차를 눈으로 배웅하며 말했다.

"이틀 전부터 쉬고 있다고 하더군."

삼십 분 정도 기다리자 프록크로 행 열차가 들어왔다. 열차에 타려고 하던 라즈베리는 눈앞에 펼쳐진 하늘에 먹구름이 소용돌이치는 것을 보았다.

"애슐리, 비가 올 것 같아⋯⋯."

라즈베리가 중얼거렸지만 애슐리의 귀에는 닿지 않은 듯했다.

프록크로 마을은 옛날부터 장인이 많이 사는 곳으로 알려져 있었다. 대장장이와 가죽 세공 장인이 많았고, 이 지방에서뿐만 아니라 런던에서도 제품을 주문받고 있었다. 한적한 전원 풍경이 펼쳐진 웨즐리와 다르게 활기 넘치는 마을이었다.

애슐리는 역 앞의 방사선 형태로 펼쳐지는 길에서 가장 동쪽에 나 있는 길을 택하여 걸었다. 라즈베리는 가게가 줄지어 늘어선 마을을 신기하다는 듯 보고 있었다. 그녀는 지금 콘택트렌즈를 빼고 자신의 눈으로 사물을 보고 있었다. 라즈베리는 오랜만에 느끼는 해방감에 기분이 좋았다.

"코트 거리 백이십삼 번지⋯⋯ 이 주변이겠군."

애슐리가 올려다본 것은 이층 건물로, 일 층이 구두 가게였다. 가게에 들어서자 여주인이 상냥하게 맞이해 주었다.

"어서 오세요, 구두를 찾으시나요?"

그 뒤에 라즈베리가 들어오자 '어머' 하는 듯한 표정을 지었다.

"어머, 로제 씨. 아는 사람이에요?"

"으응⋯⋯ 나아⋯⋯?"

애슐리는 라즈베리의 팔을 잡고 여주인 앞으로 밀었다.

"실례합니다, 부인. 당신은 이 소녀와 얼굴이 같은 사람을 알고 계신가요?"

"네에? 로제 씨…… 가 아니에요?"

"이 소녀는 로제라는 여성의 쌍둥이 동생입니다. 오랫동안 따로 떨어져 살았는데 이 주변에 언니가 있다는 말을 듣고 찾아왔습니다. 그 사람이 어디에 있는지 알려 주시겠습니까?"

다급하게 지어낸 이야기였지만 실제로 얼굴이 쏙 빼닮은 사람이 있으니 진실성이 느껴졌다. 여주인은 '어머어머어머' 하고 감탄사를 연발하며 눈을 반짝였다.

"레이디 매거진에 실릴 만한 이야기네요! 네에, 네에, 로제 씨는 우리 건물 이 층에 살고 있어요."

"그런가요. ……혼자입니까?"

"아니요. 알버트와 함께 있어요. 알버트는 웨즐리 귀족의 저택에서 일하고 있어요!"

애슐리와 라즈베리는 얼굴을 마주 보았다.

"알버트?"

이 층에 올라간 후 작은 문 앞에서 애슐리는 숨을 한번 내쉬었다. 라즈베리도 긴장한 채 스커트 자락을 움켜쥐었다. 이곳에 자신이 대역이 되었던 진짜 숙녀가 있다고 생각하자 가슴이 두근거렸다.

애슐리가 문을 두드리자 안에서 뜸을 한 번 들인 후 '들어오세요' 하는 대답이 들렸다. 애슐리가 문을 열었다.

"……블루로즈……."

애슐리와 함께 방에 들어간 라즈베리는 숨을 머금었다. 그곳에는 정말로 자신과 쏙 빼닮은— 마치 거울에라도 비춘 듯한 모습의 소녀가 서 있었던 것이다.

"오라버니……."

"블루로즈!"

애슐리는 한걸음에 방을 가로질러가서 그 소녀를 껴안았다.

"블루로즈…… 정말 너구나."

"오라버니……."

"걱정했어—"

블루로즈는 애슐리의 등을 부드럽게 끌어안고, 그의 어깨너머로 라즈베리에게 날카로운 시선을 보냈다. 라즈베리는 기가 죽어서 한발 뒤로 물러났다.

"어째서 말없이 집을 나갔니? 왜 여기에 있는 거야? 알버트와 함께, 라고 들었는데 그가 부추긴 거니?"

몸을 떼고 애슐리는 계속 따져 물었다. 블루로즈는 그의 손을 살며시 밀치고 등을 돌렸다.

"오라버니가 조만간 오실 거라는 건 알버트에게 들어서

알고 있었어요."

"—역시 알버트가 널 데리고 나온 거구나."

"알버트에게는 잘못이 없어요. 제가 부탁했어요. ……사랑한다면 데리고 도망가 달라고."

"블루로즈…… 넌……."

"저와 알버트는 서로 사랑해요. 석 달마다 방문하는 어머님의 저택에서 만날 때마다 사랑이 깊어져서……."

애슐리는 손에 들고 있던 지팡이를 쾅! 하고 바닥에 찧어 그 말을 가로막았다.

"알버트는 마부잖아? 너와 신분이 달라."

"그게 무슨 상관인가요? 사랑 앞에서 사람은 평등해요. 저는 알버트와 함께 할 수 있다면 집도 신분도 필요 없어요."

휙 돌아선 블루로즈는 창으로 비쳐드는 석양 속에서 한 남자의 여자로서 당당한 표정을 짓고 있었다. 수수한 원피스에 액세서리 하나 달지 않은 머리. 그럼에도 그 표정에는 충분히 만족스러운 편안함이 담겨 있었다.

"……집에 돌아오렴. 어머님께 걱정 끼치지 마."

"어머님께 걱정을 끼치지 않으려고 저와 쏙 빼닮은 저 여자아이를 데리고 온 게 아닌가요?"

블루로즈는 라즈베리에게 초록빛 시선을 돌렸다. 라즈베리는 흠칫 움츠리들며 서둘러 고개를 숙였다.

"확실히 겉모습은 닮았네요…… 용케도 이런 사람을 찾았군요. 알버트가 당황한 채 돌아와서 알려줬어요."

블루로즈의 말에도 표정에도 재밌어하는 기색은 보이지 않았다. 불쾌해할지도 모른다는 생각에 라즈베리는 계속 몸을 움츠리고 있었다.

"라즈베리는 널 찾지 못할 때를 대비하기 위한 대역이야. 하지만 네가 여기에 있잖아. 그러니 이제 라즈베리에게 대역을 부탁할 필요가 없어."

"아니요. 저 여자에게 이대로 계속 절 대신하게 하세요."

블루로즈는 단호하게 말했다.

"무슨 말이니, 돌아갈 생각이 없다는 거야?"

"네. 전 오라버니의 도구가 될 생각은 없어요. 사랑 없는 정략결혼은 하고 싶지 않으니까요."

애슐리는 흠칫 놀라며 블루로즈를 보았고, 그런 다음 라즈베리를 돌아보았다.

"으음……."

라즈베리는 지금 들은 말을 생각했다. 사랑 없는 정략결혼……? 그건 블루로즈님이 결혼을 한다는 말?

블루로즈는 굳은 표정으로 애슐리에게 말했다.

"오라버니는 집과 어머님만 지킬 수 있다면 전 어떻게 되어도 상관없잖아요? 오라버니가 저와 미국인의 결혼을 추진하고 있다는 거 알아요. 그래서 저는…… 알버트와 도망쳤어요."

"아니야, 난—"

"돈만 많을 뿐, 야만적이고 저질스러운 미국인에게는 시집가고 싶지 않아요."

"오해야, 그린 씨는 교양 있는 사람이지 절대 천박한 사람이 아니야. 다시 생각해 보렴, 블루로즈."

블루로즈는 천천히 고개를 저었다. 차가워 보이는 얼굴에 처음으로 떠오른 그 표정은 애슐리를 왠지 가엽게 여기는 듯한 것이었다.

"─전 이미 교회에서 신에게 사랑을 맹세했고 알버트의 아이도 가졌어요."

"뭐라고……."

애슐리의 등이 크게 휘청거렸다. 얼굴은 보이지 않았지만 라즈베리는 그가 큰 충격을 받았다는 사실을 알 수 있었다.

"오라버니께서 저를 억지로 알버트와 떼어 놓는다면…… 저는 목숨을 던질 각오가 되어 있어요."

블루로즈는 딱 잘라 말하고 애슐리의 곁을 지나서 라즈베리가 서 있는 방문 근처까지 다가왔다.

두 소녀는 가까이에서 얼굴을 마주했다. 거울에 비춘 듯 쏙 빼닮은 얼굴……. 눈동자의 색깔과 블루로즈가 조금 더 키가 크다는 것 이외에는 완벽하게 같았다.

블루로즈는 라즈베리에게 속삭였다.

"불쌍하게도 당신은 저를 대신하는 인형이 되겠군요. 오라버니의 손에 의해 이국의 악마에게 바쳐질 산 제물— 당신, 당신도 도망쳐도 돼요, 저처럼."

그리고 그녀는 문을 열어젖혔다.

"그럼, 돌아가세요, 오라버니. 어머님의 생신 파티에 참석하지 못하는 건 아쉽지만 그날에 제 약혼 발표가 있다면 돌아갈 수 없군요. 전 알버트와 둘이서 가난하지만 행복하게 살아갈게요."

라즈베리는 블루로즈와 애슐리를 우두커니 바라보고 있었다.

프록크로 역 바로 근처에서 여관을 찾을 수 있었다. 방에 들어서자 어둑해진 하늘에서 기다렸다는 듯이 비가 쏟아졌다.

애슐리는 실크해트와 지팡이를 내던지고 침대에 걸터앉아서 이마를 감쌌다.

비가 지붕을 세차게 두드리며 주변의 소리를 지웠다. 하지만 대답을 들어야 했다.

라즈베리는 애슐리의 곁에 머뭇거리며 다가갔다.

"저기, 애슐리…… 블루로즈님을 찾았으니…… 내 임무는 끝난 거지?"

애슐리는 답하지 않았다.

"블루로즈님께선 돌아오지 않겠다고 했지만 그렇지 않겠지?"

빗소리가 너무나도 큰 나머지, 이 공간만을 남기고 세상이 침몰할 것 같았다.

"애슐리…… 애슐리. 나 어떻게 해야 해?"

이윽고 애슐리가 얼굴에서 손을 뗐다. 그는 무표정한 얼굴로 감정이 담기지 않은 말을 내뱉었다.

"너로 블루로즈를 대신하게 할 생각이었어."

"하, 하지만 이대로 블루로즈님이 돌아오지 않으면……."

"어머님 생신 파티에 블루로즈로서 참석하게 할 생각이었어."

"파티에서 약혼 발표를 할 거라고 했어! 하지만 거기에 있는 건 블루로즈님이 아니잖아, 나야!"

애슐리는 일어나서 여관에 비치된 위스키 병과 잔을 손에 들었다.

"카마인가는 도산 직전이야."

애슐리는 충격적인 고백을 했다.

"삼 년 전, 대홍수가 웨즐리를 덮쳤어. 다리가 떠내려갔고 밭은 침수됐고 사망자도 나왔어. 땅도 사람도 꽤 피해를 당했지. 귀족은 자신이 통치하는 지역의 관리도 해야 해. 무너진 건물을 다시 짓고 땅을 복구하느라 막대한 돈이 들어가는 바람에 빚도 생겼지. ―난 돈을 만들어야 했어."

애슐리는 잔에 위스키를 따랐다.

"그런 시기에 퍼블릭 스쿨 시절의 친구이자 지금은 지질학자가 된 스테판 캠벨이 아프리카에서 금광을 개발하지 않겠냐고 제안했어."

"금광…… 개발?"

위스키가 담긴 잔을 양손으로 들고 그는 작은 창을 두드리는 비에 눈길을 주었다.

"난 그에게 자금을 융통해 줬지. 빚을 갚기 위해 시작했던 고미술품 사업도 잘 풀리지 않았기 때문에 반드시 돈이 나온다는 그의 말에 모든 걸 걸었어. 존슨에게도 알려서 돈을 투자하게 했고."

애슐리는 위스키를 마치 물처럼 들이부었다.

"하지만 스테판에게서 여태껏 아무런 연락이 없어. 그가 나를 속였다고는 생각하지 않아. 단순히 성과가 나오지 않았을 뿐이라고 생각해. 하지만 이제는 한계야. 이대로라면 카마인가는 런던의 저택도 이 웨즐리 저택도 손에서 놓아야 해. 하지만 그것만은 할 수 없어―"

라즈베리는 귀족 부인으로 사는 일 외에는 아무것도 할 수 없을 것 같았던 에반젤린을 떠올렸다. 요정처럼 아련하고 아름다운 사람―

"그럴 즈음 미국에 사는 부자가 작위를 원한다는 이야기를 들었지…… 그래서 난—"

"처음부터—"

라즈베리는 스커트 자락을 움켜쥐었다.

"처음부터 그럴 생각이었어? 날 블루로즈님의 대역으로 삼아서 얼굴도 모르는 미국인에게 팔아넘길 생각이었던 거야?"

"아니야, 블루로즈가 돌아오기만 한다면."

"당신이 말했어. 블루로즈님이 죽었다고 해도 상관없다고, 확실하기만 하다면 괜찮다고. 그런 자신을 나쁜 인간이라고."

"라즈베리—"

애슐리는 술잔을 놓고 라즈베리에게 다가가려 했다. 라즈베리는 그 손에서 도망쳤다.

"그래, 당신은 나빠, 나쁜 인간이야. 블루로즈님도 나도 도구로밖에 생각하고 있지 않아. 불쌍한 꼭두각시 인형…… 블루로즈님이 말했어, 악마에게 바쳐질 산 제물이라고."

"들어봐, 라즈베리."

"싫어! 싫어, 싫어!"

라즈베리는 그렇게 외치고 몸을 돌려서 밖으로 뛰쳐나갔다.

"라즈베리!!"

여관 밖에는 큰비가 내리고 있었다. 하늘은 새까맸고 세찬 비가 수직으로 쏟아 내렸다. 거리에는 인적이 없었고 앙상한 개가 비에 쫓겨 거리를 가로질러 갈 뿐이었다.

"라즈베리! 기다려!"

애슐리가 쫓아왔다. 빗속을 달리던 라즈베리는 긴 드레스 자락이 비에 젖어 발에 들러붙는 바람에 애슐리에게 곧바로 따라잡혔다.

"놔줘!"

라즈베리는 붙잡힌 팔을 떼어내려고 몸을 버둥거렸다.

"놔줘! 당신 같은 사람 싫어!"

"라즈베리! 들어봐!"

"싫어어! 싫어! 애슐리는 바보야! 비겁해! 배신자!"

라즈베리의 눈에서 눈물이 흘러넘쳤다. 라즈베리는 뺨이 빨개진 채 애슐리의 가슴을 두드렸다.

"내가 당신을 사랑하는 거 알면서도 그런 말을 해? 대역이 되어 미국인과 결혼하라고?! 당신은— 당신은 날 좋아하지 않았던 거야!"

"사랑해, 라즈베리!"

애슐리는 라즈베리를 양손으로 끌어안았다. 라즈베리는 그의 품안에서 숨 막히는 포옹에 몸을 떨었다.

"처음에는 널 대역으로 삼을 생각이었어. 아무것도 알리지 않고 널 구슬려서 미국으로 보내려 했어."

"싫어, 싫어, 싫어어……."

외치는 라즈베리의 입속으로 비가 들어갔고 눈물이 흘러 내렸다.

"하지만 이제 그만할래!"

애슐리의 말에 라즈베리는 깜짝 놀라며 그의 얼굴을 정면으로 바라보았다. 하늘은 미친 듯이 날뛰는 악마처럼 어두웠지만 그의 눈동자는 에메랄드처럼 빛났다.

"널 잃고 싶지 않아."

"애슐……."

애슐리는 라즈베리에게 입을 맞추고 그다음 말을 삼켰다. 애슐리의 혀끝이 라즈베리를 휘감자, 그 농밀한 키스에 말이 녹아버렸다.

"카마인가의 이름보다 네가 더 소중해. 내 곁에 있어줬으면 좋겠어……!"

"……."

불꽃처럼 진지한 말에 라즈베리는 몸을 떨었다. 이 사람은 정말로 버릴 작정이다. 몇 백 년이나 이어져 온 귀족 가문도 그 긍지와 명예도.

아아, 나의 금빛 왕자님. 공중그네에서 처음 보았을 때부터 그렇게 생각했다. 수많은 관객 사이에서 당신이 있는 곳만이 빛이 들어오고 있는 것 같았다. 매일 찾아와 주는 당신을 동경했다.

언젠가 당신이 꽃다발을 안고 나를 만나러 오는 꿈을 꾸었다.

그런데 그 꿈이 이루어졌을 뿐 아니라, 보드랍고 깨끗한 침대와 믿을 수 없을 만큼 맛있는 음식과 꿈만 같은 드레스와, 엄격하면서도 자상한 마사와 아름다운 어머니를 나에게 가져다주었다.

행복했다—

행복한 꿈이었다.

설령 앞날이 악몽 같을지라도 그 꿈이 있다면.

눈물로 흐려진 라즈베리의 시선이 하늘을 향했다. 어둡고 무거운 비구름과 사방으로 내리는 비밖에 보이지 않았다. 아무것도 보이지 않았다. 빗소리와 비 냄새. 우르르 쾅쾅 하고 지축을 뒤흔드는 듯한 천둥소리가 멀리서 들렸다.

아니, 그건 제멋대로 이기심을 밀어붙이려고 하는 나를 무너뜨리는 홍수 소리였다. 방주를 타야만 한다. 그 순간 무거운 비구름을 뚫고 날아오는 흰 비둘기는 바로 나였다.

"당신은 백작 이외엔 아무것도 어울리지 않아……."

라즈베리는 힘없이 말하고 애슐리를 껴안았다.

"가문을 버리면 어머님은 어떻게 돼? 당신은 괜찮아도 어머님은 슬퍼하실 거야. 당신은 카마인가의 당주. 몇 백 년 전부터 이어져 온 백작가의 당주야. 그게 내가 사랑하는

당신이야."

"……라즈베리……."

애슐리가 고개를 들었다. 몇 줄기의 비가 뺨을 타고 흘러
내렸다. 비뿐인지 다른 것이 섞여 있는지는 알 수 없었다.

"전 블루로즈. 블루로즈 카마인. 그리고 당신은 오라버
니."

라즈베리는 애슐리의 뺨을 양손으로 감쌌다. 그 손도 애
슐리의 살결도 몹시 차가워서 얼어붙을 것 같았다.

"사랑하는 오라버니를 위해서라면 뭐든지 할게요— 너
무나도 좋아하는 사랑스러운 당신을 위해서."

잠에서 깼을 때 애슐리는 자신이 어디에 있는지 알 수 없
었다. 칙칙한 천장과 색이 바랜 벽지…….

그는 벌떡 일어났다. 그러고는 어제 일을 떠올렸다. 빗속
에서 라즈베리를 쫓아가서 설득하고 여관에 돌아와서…….

몸을 덥히기 위해 술을 마시고 그대로 잠이 들었다.

"안녕히 주무셨어요? 오라버니."

자그마한 창가에 라즈베리가 앉아 있었다. 드레스가 비
에 젖어 입을 수 없게 되었기 때문에 여관 사람에게 부탁하
여 산 옷을 몸에 걸치고 있었다. 일반 여성이 입을 법한 수
수한 원피스였다. 머리도 스스로 매만졌는지 대충 묶어서
시늉으로 고정했을 뿐이었다.

"……."

단 하룻밤 사이에 라즈베리는 분위기가 달라져 있었다.
풋풋한 소녀에서 슬픔이 깃든 여성으로.

여동생 블루로즈도 핑크빛 꿈을 꾸는 소녀였지만, 어제
만났을 때는 상당히 차분해진 데다 확고한 자신감이 넘치
고 있었다. 그녀의 자신감이 알버트에게 받은 사랑에 의한
것이라면 라즈베리의 슬픔은 자신의 배신 탓인 걸까?

자신이 라즈베리를 바꾼 것이다.

애슐리는 이제야 자신이 지은 죄의 깊이에 전율했다.

"오늘은 어제와 다르게 날씨가 맑아요."

라즈베리는 애슐리에게서 창으로 시선을 옮겼다. 그녀
의 뺨에 햇살이 닿았다. 눈부신 듯 눈을 가늘게 뜨는 그녀
의 얼굴에 어제 있었던 격정의 흔적은 남아 있지 않았다.

"라즈베리."

애슐리는 침대에서 내려와 라즈베리에게 다가갔다. 팔
을 뻗어서 껴안으려고 하자 그녀가 몸을 떨어뜨렸다.

"전 당신의 동생이에요. 라즈베리가 아니에요."

"……."

"……그렇게 부르지 마세요."

애슐리는 상황을 파악했다. 라즈베리는 이미 결심한 것
이다. 자신을 위해서, 어머니를 위해서.

"알겠어…… 블루로즈."

그러나 애슐리는 손을 내밀었다.

"동생으로서 키스를…… 받아줬으면 좋겠어."

라즈베리는 진보랏빛 눈동자로 애슐리를 지그시 바라보았다. 그 눈동자 속에서 어떤 감정도 찾을 수 없었다.

"네에…… 오라버니."

라즈베리는 애슐리의 손을 잡았다. 애슐리는 그녀를 끌어당겨서 하얀 이마에 오빠로서 입을 맞추었다.

기차를 타고 웨즐리 저택으로 돌아오자 그 모습을 본 에밀리가 놀란 듯 목소리를 높였다.

"어제 비가 많이 내려서 걱정했는데, 역시 젖으셨군요."

라즈베리는 프록코트에서 산 원피스를 그대로 입고 있었다.

"으응, 그랬어. 어머님께 인사드리기 전에 옷 갈아입는 거 도와줄래?"

"알겠습니다."

저택 전체가 왠지 분주했다. 내일 어머니를 위한 생신 파티가 열리기 때문에 그 준비로 바쁜 듯했다. 이 부근에 사는 상류층 인사는 물론, 런던에서도 카마인가와 관계가 있는 이들이 찾아올 예정이었다. 모든 객실을 정돈하고 저택과 정원을 정비하며 만찬회를 준비하는 등 저택 내의 담당자들이 어딘지 모르게 빠른 발걸음으로 움직이고 있었다.

라즈베리는 자신의 드레스로 갈아입고 에반젤린의 방에 인사를 하러 갔다.

"안녕히 주무셨어요, 어머님."

"잘 잤니? 벌써 열 시지만."

"죄송해요…… 어제 오라버니와 외출해서."

라즈베리는 에반젤린에게 다가가서 그녀의 창백한 뺨에 키스를 했다. 곧바로 몸을 떼려고 했지만 에반젤린이 팔을 잡았다.

"어머님?"

"……무슨 일이 있었니?"

"네에……?"

"슬픈 얼굴을 하고 있구나."

금빛 눈썹이 에반젤린의 초록 눈동자를 흐려보이게 했다. 손질된 가느다란 손이 라즈베리의 뺨을 자상하게 쓰다듬었다.

"아무것도— 아무것도 아니에요. 그냥 조금…… 오라버니와 말다툼을 해서."

"그러면 안 되지. 또 아무 말 없이 돌아가지 마렴."

"괜찮아요. 이젠 애가 아니니까요."

"블루로즈……."

에반젤린은 라즈베리의 손을 꼭 잡았다.

"너 혹시—"

라즈베리는 가슴이 철렁했다. 혹시 자신이 딸이 아니라는 사실을 들킨 게 아닐까……?

"애슐리에게서 내일 일을 들었니? ……내일, 네게 결혼 상대를 소개할 거라고 하던데."

"……네에."

라즈베리는 마음을 놓으며 고개를 숙였다.

"그랬어요. 오라버니가 갑자기 그런 말을 꺼내니…… 깜짝 놀라서."

"미국에 사는 부자라고 하던데."

"네에. 좋은 사람이래요. 하지만 만난 적도 없는 분이니…… 겁이 나서."

"이해한다."

에반젤린은 자상하게 라즈베리의 손을 토닥였다.

"애슐리가 널 생각하지 않을 리가 없으니까…… 그렇게 나쁜 분은 아닐 테지만, 혹시 아무래도 싫다면 거절하렴."

"네에……? 하지만—"

"난 네가 행복해졌으면 좋겠구나. 어미인걸. 자식이 행복하지 않으면 마음이 아프단다."

진짜 딸은 이미 행복해졌다. 신분은 다르지만 사랑하는 이와 함께 살고 있다.

라즈베리는 무심코 그 말이 입 밖으로 새어 나올까 봐 입술을 깨물었다.

"블루로즈……."

에반젤린은 고개를 숙인 라즈베리의 머리를 쓰다듬었다.

"행복해지렴. 사랑하는 사람과 인연을 맺어서 늘 웃으며 지내렴. 이 어미는 늘 그것만 바란단다."

"……어머님……."

라즈베리는 에반젤린의 품에 매달렸다. 자신의 친엄마도 이렇게 생각해 주었을까. 그녀의 어머니는 싸늘한 밤이 되면 라즈베리를 품에 안고 따뜻하게 해주었다. 접시 하나에 담긴 스프를 둘이서 나누어 먹기도 했다. 자상한 어머니였다.

'나, 두 번 다시 엄마를 잃고 싶지 않아.'

달콤하고 아름다운 장미 향기, 에반젤린의 향기. 그녀의 온몸은 가늘고 여린데다 아름다웠다. 이렇게 자상한 분을 지키고 싶다.

에반젤린은 흐느껴 우는 라즈베리의 머리를 언제까지고 자상하게 쓰다듬어 주었다.

11장 신대륙에서 온 남자

온 저택이 내일을 위한 준비에 쫓기고 있었기 때문에 라즈베리는 방해가 되지 않도록 혼자서 밖으로 나갔다. 도중에 집사와 이야기를 나누는 애슐리와 마주쳤다. 라즈베리는 그의 얼굴을 보자 가슴이 두근거려서 고개를 숙인 채 지나가려고 했다.

"블루로즈."

그럼에도 애슐리가 일부러 불러 세웠다.

"어딜 가니?"

"……마구간이요."

"숲에 가면 안 돼. 오늘은 손님도 오시잖아."

"알아요. 저녁 식사 때까지는 돌아올게요."

감정이 드러나지 않도록 일부러 퉁명스럽게 답했다. 애슐리는 작게 한숨을 내쉬는 듯했다.

마구간에 가자 마차에 사용하는 말 외에 세 필의 말이 남아 있었다. 불과 얼마 전에 애슐리와 숲에 갔을 때 탔던 말도 있었다. 라즈베리를 기억하는지 콧소리를 내며 고개를 흔들었다.

라즈베리는 기다란 말 콧등을 껴안고 얼굴을 갖다 댔다.

따스한 체온. 윤기 나는 털. 말은 얌전하게 있었다.

"……너, 날 위로하는 거야?"

꼬리를 바스락바스락 흔드는 말을 라즈베리가 쓰다듬었다.

"내가 좋아?"

그렇게 묻자 말은 이히히힝…… 하고 어리광을 부리듯 코로 울음소리를 냈다.

"사랑해?"

은은한 다갈색 눈동자가 라즈베리를 바라보았다.

"착한 애구나. 넌 내가 블루로즈님이든 서커스단의 공중그네 곡예사든 사랑해 주는 거지……?"

라즈베리는 말의 코끝에 키스를 하고 먹이를 주기 위해 몸을 뗐다. 그러자 갑자기 말들이 불안한 듯 발을 구르기 시작했다.

"무슨 일이야? 조용히 해……."

라즈베리의 주변에 그림자가 졌다. 깜짝 놀라서 돌아보자 마구간 앞에 키 큰 사내가 서 있었다. 역광이어서 얼굴은 보이지 않았지만 애슐리는 아니었다. 하지만 그 복장을 보아 하인도 아니었다.

"누구세요?"

라즈베리는 말들을 지키기 위해 앞에 섰다. 그러자 가슴이 철렁했다. 혹시 지금 했던 말을 들은 건 아니겠지.

"아, 이거 실례했습니다. 놀라게 한 것 같군요."

깊고, 허리에 울리는 듯한 아름다운 목소리였다.

"웨즐리 경이 좋은 말을 가지고 있다고 해서 보러 왔는데…… 당신이 블루로즈 양인가요?"

듣지 못한 듯했다. 라즈베리는 마음을 놓으며 입가에 긴장을 풀었다.

"네, 블루로즈예요. 파티에 온 손님이신가요?"

"네……."

남자는 천천히 마구간으로 들어섰다. 빛에서 벗어나자 드디어 그의 얼굴을 볼 수 있었다.

검은 머리에 회색이 감도는 푸른 눈동자, 햇볕에 그을린 살갗에 또렷한 이목구비를 가지고 있었다. 키가 클 뿐 아니라 다부진 근육을 가진 늠름한 남자였다. 애슐리가 상냥한 봄 햇살 같은 왕자라면 그는 거친 겨울 바다의 왕자처럼 보였다.

"처음 뵙겠습니다, 볼트 스콜 그린이라고 합니다."

볼트가 손을 내밀자 라즈베리는 그 커다란 손에 자신의 손을 포개었다. 볼트의 입술이 그녀의 손등에 가볍게 닿았다.

'볼트 그린? 그린? 들은 적이⋯⋯.'

문득 떠올랐다. 어제 블루로즈를 만났을 때 애슐리가 말하지 않았던가?

"오해야, 그린 씨는 교양 있는 사람이지 절대 천박한 사람이 아니야."

'설마!'

손을 떼려고 했지만 볼트가 그녀의 손을 재빨리 잡았다.

"제 이야기를 들으셨나요? 블루로즈 양?"

"놔, 놔주세요."

"오라버니인 웨즐리 경에게 당신의 이야기를 들었습니다. 역시 아름답군요."

"놔⋯⋯ 주세요. 그린님."

라즈베리는 볼트의 손아귀에 잡힌 손을 빼려고 했지만 잡아당겨도 그의 손은 미동조차 하지 않았다.

"발표는 내일이지만, 오라버니는 당신과 저의 결혼을 바라고 계십니다. 저의 재산이 갖고 싶으니까 당신을 아내로 주겠다는 것이지요. 안타깝게도 오라버니는 당신을 팔았습니다."

"아……."

라즈베리의 머리에 피가 솟구쳤다.

"놔달라고 했잖아요! 이 야만인!"

"흐억!"

발을 들어서 상대의 배를 힘껏 걷어찼다. 나무 힐이 볼트의 명치를 가격하자 그의 손에서 힘이 빠졌다. 그 옆으로 빠져나오려던 순간 웅크리고 있던 볼트가 라즈베리의 발목을 잡았다.

"꺄아악!"

라즈베리는 비명을 지르며 마구간에 쌓여 있던 짚에 처박혔다.

"백작 영애 주제에 왜 이리 난폭한 거야…… 뭐, 이편이 가르치는 보람은 있겠지만."

볼트가 라즈베리의 몸을 짚 속으로 밀어붙였다.

"무슨 짓이야!"

"인사야."

볼트는 말하기가 무섭게 라즈베리의 입술을 자신의 입술로 덮었다. 라즈베리는 눈을 크게 뜨고 볼트의 몸 아래에서 버둥거렸다.

"……읍."

볼트는 입을 손으로 막고 얼굴을 폈다.

"이…… 천방지축 같은 게."

라즈베리는 고개를 돌려서 피가 섞인 침을 툭 뱉었다. 피가 볼트의 손가락을 타고 흘러내렸다. 라즈베리가 혀끝을 물었던 것이다.

"얌전한 인형이라고 생각했더니 엄청난 말괄량이였군. 마음에 들어."

"난 전혀 마음에 들지 않아!"

"여자란 건 당하면 시키는 대로 할 수밖에 없는 생물이지."

볼트는 라즈베리의 드레스 자락을 걷어 올렸다. 불타는 듯한 뜨거운 손이 허벅지에 올라와, 라즈베리는 움찔하며 움츠러들었다.

"그만둬!"

"날 거부하지 마. 네 오라비는 돈이 필요하잖아? 네가 그만한 가치가 있는 여자인지 결혼 전에 확인하려는 거야."

라즈베리의 몸이 굳어졌다. 그렇다. 자신은 중요한 돈줄이었다. 애슐리와 카마인가를 지키기 위해서 몸을 팔기로 결심했던 터였다.

"……."

남자의 몸을 밀치던 손이 땅에 털썩 떨어졌다. 얌전해진 라즈베리를 향해 볼트가 만족스러운 듯 웃음을 지었다.

"착한 아이로군. 가만히 있으면 금방 끝날 거야. 맛만 볼 테니까."

라즈베리가 이제 도망치지 않을 것이라고 판단한 볼트는 몸을 뗐다. 드레스를 가슴까지 걷어 올린 후 새하얀 드로어즈에 손을 대려고 하던 그 순간.

"─블루로즈."

마구간 밖에서 소리가 들렸다. 애슐리였다. 볼트와 라즈베리는 흠칫 놀라서 움직임을 멈추었다.

"블루로즈 거기 있니?"

짚이 쌓여 있는 곳은 그늘이 져 있었기 때문에 입구에서 보이지 않았다. 볼트가 쯧 하고 혀를 차고 라즈베리의 몸 위에서 일어났다.

"그럼 다음에."

그가 마구간에서 나가자 애슐리가 엇갈리듯 달려 들어왔다.

"블루로즈!"

라즈베리는 짚 위에서 몸을 일으키고 드레스를 정돈했다. 다리를 가지런히 모아 옆으로 앉은 채 애슐리를 올려다보았다.

"무슨 일이에요, 오라버니."

"너─ 지금─ 그린 씨가……."

라즈베리는 아무렇지도 않은 척했다.

"네에. 그린 씨가 오셨어요. 말을 좋아하신대요."

애슐리가 험악한 표정으로 라즈베리의 모습을 살폈다.

"무슨 짓을— 무슨 짓을 당한 거야?"

"특히 말괄량이를 좋아하는 것 같아요."

라즈베리는 쌀쌀맞게 대답하며 일어나려고 했다. 하지만 무릎에 갑자기 힘이 빠지며 그 자리에서 비틀거렸다.

"위험해!"

애슐리가 그녀의 몸을 지탱하여— 껴안았다.

"……애슐…… 오라버니."

"라즈베리."

애슐리가 작은 목소리로 속삭였다.

"무슨 짓을 당한 거야? 괜찮아?"

"괜찮아요. 애슐리가 와줬으니까."

라즈베리의 얼굴을 가까이에서 보고 애슐리가 눈을 크게 떴다.

"피가."

턱에 묻은 피를 손가락으로 닦았다.

"제 피가 아니에요. 그 미국인 거예요."

"그 자식이—!"

애슐리가 달려가려는 것을 라즈베리가 막았다.

"신경 쓰지 마요. 아무 일도 없었어요. 게다가."

몸을 떨면서도 라즈베리는 다부지게 웃음 지었다.

"절 마음에 들어 하신 것 같아요. 비싸게 팔릴 듯해서 다행이에요."

"라즈……."

라즈베리는 애슐리에게서 떨어졌다. 팔과 허리에 애슐리의 손의 감촉이 남아 있었다. 그 감촉은 볼트가 준 것보다 강했다.

"이게 누군가, 마이크로프트, 블루로즈 양."

애슐리의 친구인 존슨 스텝코드가 때마침 입구에 도착했다. 마차에서 내린 그는 아름다운 여성과 함께였다.

"얼마 전엔 소개할 틈이 없었지. 이쪽은 콜린 마젠다 양."

커다란 리본이 달린, 챙이 넓은 모자를 쓴 여성은 애슐리 앞에서 우아하게 허리를 굽혔다.

"일전엔 구해주셔서 감사합니다."

구슬을 굴리는 듯한 귀여운 목소리로 콜린이 인사했다. 애슐리는 그녀의 손을 잡았다.

"아니요. 당신을 구한 것은 존슨입니다. 전 구석에서 떨고 있었을 뿐입니다."

콜린은 라즈베리에게 싱긋 웃음을 지었다.

"당신의 용기는 대단했어요."

"무사해서 다행이에요. 마젠다."

라즈베리와 콜린은 껴안으며 키스를 나누었다.

"하루 일찍 도착했는데 괜찮은가?"

존슨이 애슐리에게 물었다. 그러자 애슐리가 고개를 끄덕이며 답했다.

"런던에서 오는 건 머니까 말이지. 멀리서 오는 손님은 전날부터 묵을 수 있도록 준비했다네. 두 사람, 함께 방을 써도 괜찮은 거지?"

"아, 흐음— 그렇겠지."

존슨은 수염이 덥수룩한 얼굴을 붉혔다. 콜린이 키득키득 웃었다. 애슐리가 그런 두 사람을 향해 따뜻한 웃음을 지었다.

존슨의 존재는 분명 애슐리의 마음에 안정을 줄 것이라고 라즈베리는 생각했다. 현재 자신의 존재는 애슐리를 상처 입히는 것밖에 할 수 없었다.

'조금 전에도……'

라즈베리가 툭 내뱉듯이 말했을 때, 애슐리는 굉장히 슬퍼 보였다. 그가 상처 입은 표정은…… 라즈베리 자신도 괴로웠다.

따라서 지금 존슨과 애슐리가 즐겁게 이야기하는 것을 보고 라즈베리는 마음을 놓았다.

"즐거운 시간 보내세요, 스텝코드님."

라즈베리는 애슐리를 위해서 진심으로 그렇게 말했다.

숙박하는 손님이 편안하게 지낼 수 있도록 준비한 방에는 지금 두 사람이 있었다. 한 명은 런던에서 온 에반젤린의 친구였고, 또 다른 한 명은 볼트 그린이었다.

애슐리는 소파에 앉아서 신문을 펼치고 있는 볼트에게 다가갔다.

"그린 씨."

볼트는 애슐리를 힐끗 보고 신문을 천천히 덮었다.

"이거 웨즐리 경 아니십니까. 조금 전엔 실례가 많았습니다."

"……마구간에서 제 동생을 만나셨습니까?"

"아아."

볼트가 히죽거렸다.

"정말 사랑스럽고 아름다운 여동생이더군요. 게다가 생기발랄하고 말이죠. 하마터면 배에 구멍이 생길 뻔했지만 말입니다."

"동생에게 무슨 짓을 하신 겁니까?"

"달리 아무것도. 인사를 했을 뿐입니다."

애슐리는 고미술상 동료의 소개로 볼트를 알게 되었다. 애슐리가 취급하는 일본의 이마리야키 접시를 볼트가 마음에 들어 하며 구입했던 것이 인연으로 이어졌다.

볼트 그린은 알래스카에서 금광을 발견하여 막대한 부를 얻었다고 한다. 원래는 개척민으로서 미국에 건너간 광부의 아들로, 지금은 그 돈으로 거대한 목장과 농장을 경영하고 있다고 그는 애슐리에게 설명했다.

"─난 확실히 당신에게 내 누이를 소개하겠다고 했어. 하지만 그건 그 아이에게 무슨 짓을 해도 좋다는 건 아니야."

"마찬가지잖아."

볼트가 일어섰다. 키는 비슷했지만 그의 몸이 더 다부져 보였다.

"내 아내가 되면 하게 될 일을 조금 일찍 하는 게 뭐 어떤가."

"그건 미국 방식인가?"

"내 방식이라네."

애슐리의 초록 눈동자와 볼트의 회색이 감도는 어두운 눈동자가 교차했다. 방에 있던 다른 한 명의 손님은 불길한 분위기를 감지했는지 허둥지둥 나갔다.

"자네 동생도 싫어하지는 않던데? 짚 위에서 다리를 벌리고 날 유혹했으니까."

"─거짓말 마."

"그럴까?"

볼트는 검지를 애슐리의 가슴에 퍽 하고 갖다 댔다.

"이제 와서 마음이 바뀌었다고는 하지 마. 자넨 내 재산이 목적이잖아? 원래대로라면 이런 사치스러운 파티를 할 수 있는 처지가 아니잖나, 웨즐리 경."

애슐리는 자신의 가슴에서 볼트의 손가락을 뿌리쳤다.

"내일 파티가 열릴 때까지 동생에게 손대지 마."

"알겠네. 하지만 꼭 말해야 하네. 내가 그녀의 약혼자라고. 난 그 애가 마음에 들거든."

볼트는 애슐리의 어깨를 툭 치고 방을 나갔다.

"미국에 데리고 돌아가면 손을 좀 봐야겠어."

방에 남겨진 애슐리는 잠시 우두커니 서 있다가 볼트가 읽고 있던 신문을 손에 들고 단번에 찢었다.

"마이크로프트."

말을 거는 목소리에 돌아보자 존슨 스텝코드가 놀란 표정을 지으며 서 있었다. 애슐리는 찢은 신문을 꾸욱 말았다.

"무슨 일인가?"

"아무 일도 아닐세."

"거짓말하지 말게. 아무 일도 없는데 그런 짓을 당하면 신문이라고 한들 불쌍하잖나. 아아, 읽으려고 했는데."

존슨은 애슐리의 손에서 찢어진 신문을 빼앗았다.

"미안하네. 집사에게 말해서 다른 걸 가지고 오도록 하겠네."

"좀 전에 덩치 큰 녀석이 스쳐 지나갔는데— 어디선가 본 얼굴 같더군."

테이블 위에서 찢어진 신문을 맞추며 존슨이 말했다.

"자네가 더 크네."

"확실히 체중은 내가 더 나갈 듯하지만 저 녀석은 꽤 단련된 몸인 것 같던데."

"미국인이니 버팔로와 싸우겠지."

"일 관곈가?"

존슨은 고개를 들고 애슐리를 바라보았다.

"으응…… 고미술품을 자주 구매해 주거든."

"흐음, 그런 취미를 가지고 있을 만한 얼굴이 아니었는데."

"이번에는 블루로즈를 사겠다고 하더군."

"뭐어?!"

놀라서 일어난 존슨에게 애슐리는 자조적으로 웃었다.

"존슨, 날 바보라고 말해주지 않겠나?"

"뭐라고?"

"바보에 비겁자라고 말해주게나."

존슨은 친구를 가만히 바라보았다. 그러고 나서 천천히 고개를 저었다.

"난 바보에 비겁자인 친구를 둔 기억이 없는데."

존슨이 그의 어깨를 두드렸다.

"고민이 있으면 말하게."

"—고맙네."

애슐리는 숨을 내뱉으며 억지로 웃음 지었다.

"말할 수 있게 되면— 말하겠네."

그는 그렇게 말한 뒤 존슨을 남기고 방에서 나갔다.

저녁 식사 자리에는 에반젤린과 애슐리, 블루로즈 외에
도 볼트 그린, 존슨 스텝코드와 콜린, 런던에서 온 버밀리
언 자작 내외, 에반젤린의 여동생 메리제인과 그녀의 아들
카인, 의사인 브라운 박사가 함께했다.

볼트는 애슐리와의 약속을 지킬 생각인지 얌전하게 다른
사람의 이야기를 듣고 있었고, 존슨과 자작 내외가 즐겁게
대화를 펼치고 있었다.

"그러고 보니 에반젤린은 서커스를 본 적이 있나요?"

자작 부인인 엘리자베스가 갑자기 이야기를 꺼냈다. 그
말에 라즈베리는 엉겁결에 빵을 떨어뜨릴 뻔했다.

"아니요. 옛날에 마술은 본 적 있지만 서커스는 없어요."

에반젤린이 동생인 메리제인에게 '그렇지?' 하고 동의
를 구하며 웃음 지었다.

"삼 개월 전쯤에 서커스를 보러 갔어요."

엘리자베스가 말했다.

"무척이나 재밌더군요! 간담을 서늘하게 하는 장면도 있

었지만 조마조마하면서도 재밌어서 어린 시절로 돌아간 것 같았어요."

"마스홀 가든즈에서 공연했던 매지컬 서커스단인가요?"

카인이 기쁜 듯 목소리를 높였다. 라즈베리는 이번엔 포크를 떨어뜨릴 뻔했다.

"그래, 카인도 봤니?"

"봤어요. 친구와 함께요. 굉장했어요."

그는 황홀한 듯 허공을 보았다.

"특히 공중그네타기 연기가 멋졌어요. 라즈베리 파이라는 여자아이가 탔는데 정말 귀여웠어요. 저 완전 팬이 됐어요."

그러고 나서 카인은 설레는 듯한 표정으로 라즈베리 쪽을 돌아보았다.

"그 아이를 보는 동안 누군가와 닮았다고 생각했는데 오늘 블루로즈를 보고 알았어요. 너랑 닮았어."

"어머, 그러네! 저도 그렇게 생각해요. 물론 블루로즈가 훨씬 아름답지만!"

"여, 영광이네요. 그런 멋진 사람과 닮았다고 하니."

심장이 벌렁거렸지만 겨우 정신을 차리고 대답했다. 애슐리를 힐끔 보자 그는 복잡한 표정으로 닭 뼈와 씨름하고 있었다.

'화제를 바꿔 주면 좋을 텐데!'

라즈베리는 화가 났지만 웃는 얼굴로 카인과 엘리자베스의 이야기에 장단을 맞추었다.

"그렇게 닮은 곡예사라면 한번 보고 싶군요."

볼트가 와인 잔을 기울이며 말했다.

"근데 매지컬 서커스단이 최근에 런던을 떠난 것 같더라고요."

카인이 안타까운 듯 말했다. 라즈베리는 놀라며 고개를 들었다.

"런던을 떠났다고? 언제?"

"블루로즈도 보고 싶었지?"

카인이 포크를 흔들었다.

"불과 얼마 전이야. 여름엔 런던에 관객이 줄잖아. 분명 바다 쪽으로 가지 않았을까?"

"그럴 수가."

라즈베리는 고개를 숙이고 빵을 찢었다. 매지컬 서커스단은 그녀를 내버려 두고 가버렸다. 이제 돌아갈 곳은 어디에도 없다. 그녀의 접시 위에 빵부스러기가 산처럼 쌓였다.

"괜찮아. 선선해지면 돌아올 거니까. 그때 같이 보러 가자."

애슐리가 그런 그녀에게 말을 걸었다. 라즈베리는 울먹울먹한 표정으로 애슐리를 보았다. 이런 때에 자상한 말을 해주다니 너무해……

저녁 식사가 끝나고 밤이 깊어질 무렵, 라즈베리의 방을 노크하는 이가 있었다. 아직 일어나 있던 라즈베리는 설마 그 미국인은 아니겠지 라고 생각하며 조심스럽게 문에 다가갔다.

"블루로즈, 자니?"

방에 온 것은 애슐리였다. 라즈베리는 놀라며 문을 열었다.

"무슨 일이세요, 오라버니. 이렇게 늦은 시간에 숙녀의 방을 찾아오다니."

애슐리를 방에 들이자 그는 방 안을 빙 둘러보고 라즈베리를 보았다.

"뭐 하고 있었니?"

"내일 파티에서 출 춤 연습이요."

"춤 연습?"

"내일 그 미국인과 춤을 춰야 하잖아요. 지금 이대로라면 다리를 있는 대로 밟을 것 같아서 연습하고 있어요."

라즈베리는 쾌활하게 말한 뒤 손을 들어서 그곳에 상대가 있다고 생각하며 춤을 추기 시작했다.

잠시 그 모습을 지켜보던 애슐리는 이윽고 라즈베리의 손을 잡았다.

"오라버니……"

"애슐리라고 불러도 돼."

애슐리는 라즈베리의 허리에 손을 얹고 몸을 쓱 끌어당겨 안았다.

"곡은?"

"왈츠……일까요."

"그럼, 슈트라우스의 『봄의 소리』로."

그렇게 말하고 애슐리는 작은 소리로 곡을 흥얼거리며 춤을 추기 시작했다. 웨즐리 저택의 방은 넓었기 때문에 둘이서 춤을 추기에도 손색이 없었다. 라즈베리의 드레스 자락이 풍성하게 펼쳐졌고 금발이 나부꼈다.

"애슐리……."

애슐리는 대답하지 않고 단지 라즈베리의 손을 꼭 잡았다. 방 안에서 둘은 빙글빙글 돌았다.

애슐리는 라즈베리를 바라보았고, 라즈베리는 그런 애슐리를 바라보았다. 숨결이 닿을 정도로 거리가 가까웠기 때문에 심장 소리가 하나가 될 정도였다.

아아, 나의 심장.

그날 밤, 하나가 된 꿈을 꾸었다.

"애슐리…… 애슐리……."

사랑하니까 견딜 수 있으리라고 생각했다. 애슐리를 위해서, 어머니를 위해서라면 괜찮다고 생각했다. 하지만 나쁜 사람. 이런 나의 결심을 무너뜨리다니.

그가 잡고 있는 손에서, 그의 손이 닿은 허리에서, 뜨거운 아픔이 피어올랐다. 무릎이 떨리고 다리가 꼬였다.

온몸이 그를 원했다. 그가 만지고 키스하고 깨물어 주기를 바랐다. 작은 젖가슴 위로 탱탱하게 솟은 젖꼭지를 애무하고 다리 사이, 깊숙한 곳에 숨겨진 비밀의 샘에 그를 담고 싶었다. 그만이 느낄 수 있었고, 그만이 열 수 있었다.

"애슐리⋯⋯!"

라즈베리는 손을 놓고 양손으로 애슐리의 뺨을 감쌌다. 그러고는 발돋움해서 입을 맞추었다.

애슐리의 혀가 라즈베리의 입맞춤에 반응했고, 둘은 세차게 끌어안았다.

"애슐리, 부탁이⋯⋯."

애슐리는 마지막까지 말하게 두지 않고 라즈베리를 들어 올려서 침대로 옮겼다.

"아⋯⋯ 흐응⋯⋯!"

애슐리가 양손으로 젖가슴을 맞붙이고 난폭하게 빨아들였다. 라즈베리가 그의 머리를 끌어안았다. 애슐리가 한쪽 젖꼭지는 달콤하게 깨물고 다른 한쪽은 젖은 손가락으로 만지자 라즈베리는 양쪽에서 오는 쾌감에 등을 높이 띄웠다.

애슐리가 라즈베리의 드레스를 급하게 벗기자 그녀는 긴 머리칼이 온몸에 엉켜 있는 모습이 되었다.

애슐리도 아름다운 몸을 아낌없이 드러내고 있었다.

"날…… 기억해 줘…… 잊지 말아줘……."

"라즈베리……!"

뜨겁게 흘러넘치는 꿀에 뒤덮인 비밀의 장소에 애슐리가 손가락을 밀어 넣었다. 손가락이 닿았을 뿐인데도 라즈베리는 가볍게 절정에 도달했다.

"하아……앗, 아."

애슐리는 라즈베리의 발목을 잡고 둥글고 자그마한 발톱을 가진 그녀의 발가락을 입에 물었다. 혀끝이 발가락 사이를 미끄러지듯 움직이자 짜릿한 쾌감이 라즈베리의 무릎을 떨리게 했다.

"애슐리…… 안 돼, 안 돼, 그러지 마……."

"네 전부를 맛보고 싶어."

발톱 끝에서 복사뼈와 장딴지까지 애슐리의 혀가 미끄러지듯 움직였다. 다리를 밀어 올리자 라즈베리의 보드라운 무릎이 그녀의 귀에 닿았다.

"이렇게 아름다울 수가……."

무릎 뒤로 혀를 굴리고 허벅지에 키스를 하며 올라가자 라즈베리는 더 이상 기다릴 수 없는지 고개를 저었다.

"예뻐, 라즈베리. 날 유혹하는 모습도 보석처럼 빛

나……."

애슐리는 플래티나 블론드의 은밀한 숲에 숨결을 불어넣었다. 거침없이 흘러넘치는 꿀이 다리 뒤로 음란하게 타고 흘러내렸다.

"아아, 안 돼! 그러지 마…… 그런 곳에……."

애슐리의 혀가 라즈베리의 비밀에 도달했다. 그의 혀가 라즈베리의 섬세한 돌기에 닿자 라즈베리는 달콤한 비명을 질렀다.

"그만해…… 그런 곳은— 핥지 마……!"

처음 경험하는 애무에 라즈베리는 흐트러졌다. 뜨겁고 자상한 이 애무는 믿을 수 없을 만큼 쾌감을 가져다주었다.

"예뻐, 라즈베리. 여기가 단단해졌어. 빨간 체리처럼 익어서……."

"애, 애슐리……."

온몸이 아찔한 쾌감에 침범당했다. 온몸이 녹아내려서 그 부분만이 존재하는 것 같았다.

애슐리가 다리를 더 들어 올렸다. 흘러넘치는 꿀과 애슐리의 침이 배까지 타고 흘러내렸다. 너무나도 달콤하게 사랑받자 애슐리를 받아들일 그곳이 고통스러울 만큼 그를 원했다.

"부탁이야…… 이제, 이제…… 해줘, 애슐리…… 들어와……."

라즈베리는 고통스럽기까지 한 쾌감에 눈물을 쏟으며 애슐리에게 팔을 뻗었다. 애슐리는 이윽고 얼굴을 떼고 라즈베리의 몸에 자신의 허리를 들이밀었다.

"얼른…… 애슐리……."

"……."

가볍게 숨을 몰아쉬던 애슐리는 단단해진 자신의 물건을 젖은 그곳에 갖다 댔다. 그의 물건의 끝이 닿을 때마다 애원하는 듯한 습한 소리가 울려 퍼졌다.

"라즈베리……."

애슐리가 이름을 부르자 라즈베리가 눈을 떴다. 초록 눈동자와 진보랏빛 눈동자가 교차했다.

"나의 심장…… 나의 라즈베리……."

"사랑해, 애슐리……."

애슐리가 라즈베리의 샘에 몸을 깊숙이 담갔다.

"아, 아아아—!"

라즈베리는 애슐리의 등에 팔을 두르고 세차게 끌어안았다.

"좋아해, 좋아해요…… 애슐리."

"라즈베리."

같은 리듬을 새기며 두 사람은 함께 높은 곳을 향했다. 서로 마음으로 그리던 하얀 빛의 끝자락. 쾌감의 끝에 자리한 황홀경. 절정 속의 굳은 인연.

"아아—"

이대로 몸이 함께 녹아버리면 좋을 텐데.

이렇게 기분이 좋은데 너무나도 애절했다. 아무리 끌어안아도 부족했다.

내일이 되면 손을 놓아야만 하다니.

"라즈베리……."

애슐리가 라즈베리의 머리칼을 쓸어 올리고 이마를 마주댔다.

"나— 안 되겠어. 역시 널 놓치고 싶지 않아—"

"애슐리……."

"약혼은 무효야…… 그린 씨에게 거절의 뜻을 밝히겠어."

"안 돼, 애슐리."

라즈베리는 눈물이 글썽한 눈으로 애슐리를 올려보았다.

"어머님께는 뭐라고 말씀드릴 거야? 카마인가는 어떻게 되고?"

"하지만……."

"괜찮아."

라즈베리가 생긋 웃었다.

"애슐리가 그런 말을 해준 것만으로도 행복해. 오늘 일— 애슐리와 보낸 시간으로도 난 괜찮아. 미국에 가서도 웃으면서 지낼 수 있을 거야."

"라즈베리⋯⋯."

애슐리는 라즈베리를 꼭 끌어안았다.

"사랑해, 사랑해, 사랑해⋯⋯."

"나도⋯⋯ 영원히 사랑해."

밤이 끝나지 않기를 바라며, 둘은 몇 번이고 절정에 올랐다.

12장 행복한 옛날이야기

파티 당일—

아침부터 많은 손님이 웨즐리 저택을 찾아왔다. 이 지방의 명사와 유력자들, 주변 지역의 권력자들, 에반젤린의 친구와 지인들.

애슐리와 라즈베리는 그들을 대접하느라 바빠서 슬퍼할 겨를이 없었다.

상류층 부인들은 낮과 밤에 드레스를 바꿔 입기 위해 많은 짐을 가지고 있었고, 그녀들이 옷을 갈아입는 것을 돕기 위해 시녀도 데리고 와 있었다. 마차가 몇 대씩이나 저택 앞에 늘어서 있었기 때문에 말 울음소리도 끊임없이 울려 퍼졌다.

시녀들은 긴 복도를 바삐 오갔고 정원사들은 손님들의 구두가 파헤친 잔디를 모두 다시 메우고 있었다.

점심 식사와 애프터눈 티와 만찬을 즐기는 동안에 실내 게임이나 콩트, 합주 등이 열려서 주인공인 에반젤린과 손님들을 즐겁게 했고, 대화나 시 낭독, 노래가 펼쳐졌다.

라즈베리도 처음 접하는 상류층의 화려한 오락에 마음이 설레었지만, 이따금 문득 모든 것을 내던지고 싶은 허무감에 사로잡혔다.

'안 돼, 라즈베리, 웃어······!'

드레스 자락을 꽉 움켜쥐고 고개를 들었다. 그리고 손님들 사이를 발랄하고 경쾌하게 뛰어다녔다.

"블루로즈 양."

존슨의 약혼자인 콜린이 라즈베리에게 말을 걸었다.

"어머, 마젠다 씨. 스텝코드님은 안 보이시네요?"

"그게 말이죠, 갑자기 일이 생겼다며 마차를 타고 역으로 가버렸어요."

"설마 런던에?"

"아니요, 옆 마을이라고 했어요."

콜린은 라즈베리를 테라스로 이끌었다. 그런 다음 주위를 둘러보고 라즈베리에게 얼굴을 가져다 댔다.

"존슨이 말했는데, 미국에서 온 저 손님 말이죠—"

라즈베리는 깜짝 놀랐다.

"그린 씨요?"

"네에. 조금 이상한 이야기지만 조심하래요."

"네에?"

콜린은 아름다운 미간을 찡그리며 뺨에 손을 가져다 댔다.

"무슨 뜻인지는 모르겠지만, 그렇게 전해달라고 말하며 나갔어요. 실은 웨즐리 경에게 전하고 싶었던 것 같은데, 경이 바빠서 이야기할 수 없었나 보더라고요. 그래서 말인데 전해줄 수 있어요?"

"네…… 알겠어요."

조심하라는 건 무슨 말일까. 어제 마구간에서 있었던 일처럼 여자 버릇이 나쁘다든가 하는 말일까?

라즈베리는 영문을 알 수 없었지만 애슐리에게 그 말을 전하려고 했다. 그러나 애슐리를 붙잡을 틈이 없었던 데다 바쁜 상황에 정신을 빼앗겨서 결국 그녀는 그 말을 잊고 말았다.

해가 지고 드디어 댄스파티가 시작되었다. 50명이나 되는 손님을 댄스홀에 모두 수용한 것으로, 저택의 크기를 가늠할 수 있었다.

실내 합주단이 잔잔한 음악을 연주하기 시작했다. 왈츠

였다.

라즈베리는 첫 곡을 오빠인 애슐리와 췄다. 어제처럼 시선을 주고받자 그 쾌감이 떠올라서 손이 떨렸다. 하지만 둘은 감정을 억눌러 감추었다.

다음 곡이 시작될 즈음, 볼트 그린이 손을 내밀었다.

"……."

볼트와 애슐리 사이에 보이지 않는 칼날이 교차하는 것 같았다. 하지만 볼트의 손이 라즈베리의 작은 손을 잡았다. 애슐리는 벽 쪽으로 물러나서 그대로 댄스홀을 나갔다.

"블루로즈 양."

볼트가 얼굴을 가져다대며 이름을 불렀다.

"댄스파티가 끝나면 난 당신에게 청혼을 할 거요."

"―네에."

라즈베리는 눈을 내리깔고 무미건조하게 답했다.

"당신에게 넓은 세계를 보여주겠소. 새로운 세계, 지평선까지 내다볼 수 있는 대지, 미국을."

"……."

미국―

먼바다 끝에 자리한 커다란 나라. 이름밖에 몰랐다. 미지의 땅. 인디언이 살고, 버팔로와 재규어와 늑대가 나온다는 야생의 나라.

가본 적 없는 나라를 멍하니 생각하고 있던 라즈베리의

귀에 볼트가 입술을 갖다 댔다.

"나중에 도서실로 오지 않겠소?"

"왜요?"

"할 이야기가 있소. 중요한."

볼트가 히죽 웃으며 한쪽 눈을 감았다. 그리고 다음 춤을 청한 이에게 라즈베리를 건넸다.

'무슨 일일까⋯⋯.'

홀을 가로질러 가는 육중한 등을 눈으로 좇으며 라즈베리는 불안감에 사로잡혔다.

네 번째 춤을 거절하고 라즈베리는 도서실로 향했다. 꺼림칙한 일은 얼른 끝내고 싶었다. 도중에 시녀를 만나자 만약을 대비해서 도서실에 간다는 것을 일러두었다. 손버릇이 나쁜 볼트를 조심하기 위해서였다.

도서실을 들여다보자 소파에 누워 있는 볼트가 보였다. 그는 커다란 식물도감을 들여다보고 있었다. 다른 손님은 없는 듯했다.

"그린님."

라즈베리가 들어가자 볼트는 도감을 덮고 몸을 일으켰다.

"어이."

볼트는 웃으며 눈앞에 놓인 의자를 가리켰다.

"앉으시죠. 숙녀."

"이야기는 뭔가요?"

방에 들어갔지만 의자에 앉지 않은 채 라즈베리가 답했다.

"어제 했던 일의 다음을."

"─약혼 발표 때까지 못 기다리나요?"

미간을 찡그리는 라즈베리를 향해 볼트가 웃었다.

"미국인은 성미가 급해서 말이지."

"그런 이야기라면 돌아가겠어요."

"괜찮겠어?"

볼트는 소파에 아예 드러누웠다.

"네가 가짜 숙녀라는 사실을 밝혀도."

라즈베리는 깜짝 놀라 움츠러들며 볼트를 바라보았다.

"무슨 말이에요?"

"넌 블루로즈 양이 아니잖아."

볼트가 히죽거리며 말했다.

"넌 서커스 곡예사, 라즈베리잖아?"

"⋯⋯."

발밑이 무너져서 구멍으로 떨어지는 듯한 느낌이 들었다. 라즈베리의 몸이 휘청거리며 벽에 달린 책장에 부딪쳤다.

"마구간에서 네가 하던 혼잣말을 들었을 때는 무슨 뜻인지 몰랐지. 하지만 날 걷어찼던 일이며 어제 만찬에서 나왔던 이야기며, 그래서 확신했어. 넌 백작 영애가 아니야. 어찌 된 건진 몰라도 서커스 공중그네 곡예사가 백작 영애와 바뀐 거로군."

시치미를 뗐으면 좋았겠지만, 갑작스러운 상황에 대응할 수 없었다. 창백해진 라즈베리의 얼굴이 진실이라 말하고 있었다.

"그런 일을 너 혼자만의 힘으로 할 수 있을 리가 없지. 즉— 마이크로프트 애슐리도 공범이라는 거군."

"……어쩔…… 생각이에요?"

이윽고 라즈베리가 말했다. 볼트는 소파 위에 드러누운 채 어깨를 들썩였다.

"어찌됐건 네가 백작 영애로 계속 있을 거라면 아내로 받아들이겠어. 진짜 블루로즈 양이 없다는 건 백작 가문에 있어서도 스캔들이 되겠지?"

"가만히 있어 줄 수 있나요? 서커스 곡예사를 아내로 맞이해도 괜찮아요?"

"말했잖아? 인형 같은 요조숙녀보다 기가 센 말괄량이가 취향이라고."

볼트가 손가락을 까딱까딱 구부렸다. 개를 부르듯 자신을 부르자 라즈베리의 얼굴에 피가 솟구쳤다. 하지만 그녀는 입술을 깨물고 볼트의 곁에 다가갔다.

"어쩔 셈이죠?"

"몇 번씩이나 말하게 하지 마."

볼트는 라즈베리의 팔을 끌어당겨서 그녀의 몸을 자신의 몸 위로 끌어당겼다.

"키스해 줘. 아가씨."

라즈베리는 몸을 부들부들 떨었다. 두꺼운 가슴에 양손을 대고 고개를 조금씩 숙였다. 히죽대며 웃는 입술에서 시가 향기가 났다.

"……읍."

라즈베리는 역시나 견딜 수 없어서 고개를 돌렸다. 그렇게 두지 않을 거라는 듯 볼트의 손이 라즈베리의 몸을 끌어안았다. 라즈베리는 필사적으로 저항했다.

"싫어어."

소파에 드러누운 그의 몸 위를 뒤덮는 형태가 된 라즈베리는 바닥에 무릎을 꿇고 있었다. 뒷부분에 허리받이를 넣은 버슬 스타일의 드레스 자락을 볼트가 뒤집었다. 그의 손이 다리에 닿자 라즈베리의 온몸에 소름이 돋았다.

"으읍…… 그만해……."

"흠, 키스는 관두도록 하지. 대신 그 귀여운 입을 여기에 사용해 줘야겠어."

볼트는 머리채를 잡은 채 그곳에 라즈베리의 얼굴을 처박았다. 이미 천 위로 물건이 단단하게 흥분해 있었다. 그곳에는 수컷의 냄새가 담겨 있었다.

"이런 짓—"

"내숭 떨지 마. 프로잖아? 몇 번씩이나 입에 넣었을 텐데."

"그런 짓은 안 해!"

"잔말 말고 해."

"싫어! 놔줘!"

"내가 말하는 대로 하지 않으면—"

그때 벌컥 하고 큰 소리가 났다. 라즈베리가 깜짝 놀라서 고개를 들자 애슐리가 안색이 바뀐 채 방에 뛰어 들어오던 참이었다.

"그 여자한테서 떨어져!"

소파까지 온 애슐리가 볼트에게서 라즈베리를 떼어냈다. 그리고 볼트의 멱살을 잡고 얼굴을 힘껏 내리쳤다.

"크헉!"

소파에서 굴러떨어진 볼트가 책상다리에 이마를 박았다.

"애슐리!"

애슐리가 자신의 이름을 외치는 라즈베리를 와락 끌어안았다.

"괜찮아?!"

"응, 나는—"

"제길……."

볼트가 머리를 감싸며 일어났다.

"무슨 짓이야."

"이쪽이 할 말이야. 매너에 어긋나는 짓에도 정도가 있지!"

고함치는 애슐리에게 볼트가 불쾌한 웃음을 지어 보였다.

"매너에 어긋나는 짓이라고? 가짜를 시집보내는 건 사기가 아닌가?"

애슐리가 눈을 크게 뜨고 볼트와 라즈베리를 보았다. 라즈베리가 고개를 끄덕이며,

'이 사람, 알고 있어' 하고 중얼거렸다. 볼트의 웃는 얼굴은 늑대 같았다.

"지금 당장 나한테 사과해. 난 네 여동생이 가짜란 걸 알고 있지만 아내로 받아들일 생각이었어. 넌 내 돈이 필요하잖아."

"……."

애슐리는 라즈베리의 팔을 꽈악 잡았다. 고통스럽기까지 한 그 힘에 라즈베리는 애슐리의 얼굴을 보았다. 애슐리의 아름다운 얼굴은 너무나도 분노한 나머지 달아올라 있었다.

"—나가."

애슐리가 억누르는 목소리로 말했다.

"네 원조는 이제 필요 없어. 결혼은 시키지 않을 거야. 라즈베리를 건네지 않겠어!"

"애슐리?!"

놀란 것은 라즈베리 쪽이었다.

"뭐라고 하는 거야? 카마인가는 어쩌려고? 어머님은!"

"처음부터 잘못된 일이었어."

애슐리는 라즈베리를 돌아보며 말했다.

"내 허세와 위선이 이런 결과를 초래한 거야. 카마인가는 멸망할 운명이었을지도 몰라. 이제라도 진실을 어머님에게 말씀드리겠어."

"그건……!"

라즈베리는 비명을 질렀다.

"어머님을 쓰러지게 할 생각이야?!"

"빚도 블루로즈의 일도 말씀드리겠어."

"그만해!"

볼트는 애슐리에게 다가가서 그의 어깨를 잡았다.

"그걸로 끝날 거라고 생각해? 서커스 곡예사를 귀족 아가씨로 내세운 것만으로도 어엿한 사기라고!"

"그것도 말씀드릴 거야. 전부 내가 한 짓이야. 이 여자에게는 죄가 없어."

"고발하겠어! 너희 둘 다 감방에 처넣어 주지."

"할 수 있다면 해보시지!"

갑자기 다른 목소리가 등 뒤에서 들려왔다.

세 사람이 돌아보자 도서실 입구에 존슨 스텝코드와 콜린이 서 있었다.

"너야말로 범죄자 주제에 경찰서에 갈 수 있을까."

존슨은 볼트에게 종이 한 장을 들이밀었다. 그 종이에는 볼트와 닮은 남자의 사진이 실려 있었고, '지명수배'라는 글자가 쓰여 있었다.

"어디선가 본 얼굴이라고 생각했어. 미국의 자산가라는 건 터무니없는 엉터리야. 프랑스에서 상해 사건을 일으키고 도망쳐 온 거였더군."

"윽……."

볼트는 애슐리에게서 손을 떼고 존슨과 마주 섰다.

"콜린의 일로 경찰서에 갔을 때, 프랑스 범죄자 지명수배 사진을 봤지. 절도단 동료가 있을지도 모르니까 말이야. 그중에 네 사진이 있었다는 게 떠올랐어. 웨즐리 경찰서에는 전보가 없어서 프록크로까지 가서 이걸 가져왔지!"

"뭐라고……."

애슐리는 아연실색한 얼굴로 볼트를 바라보았다.

"거짓말이었던가, 전부."

"제길!"

볼트가 방향을 틀어서 서재 창문으로 도망쳤다.

"도망치게 두지 않겠어!"

라즈베리는 책상으로 뛰어가 샹들리에로 날아올랐다. 그리고 긴 사슬에 거꾸로 매달린 샹들리에의 반동을 이용하여 볼트의 머리를 겨냥해서 뛰어내렸다.

"크악!"

라즈베리의 힐이 볼트의 뒤통수를 세게 내리쳤다. 그대로 쓰러진 볼트 위에 라즈베리는 체중을 실었다.

"라즈베리!"

애슐리가 서둘러 볼트의 몸 위에서 라즈베리를 안아 들었다.

"무슨 위험한 짓을 하는 거야!"

"그야 이 녀석이 도망치기라도 하면⋯⋯."

존슨과 콜린의 눈이 휘둥그레졌다. 존슨은 손가락을 세워서 지금까지도 흔들리는 샹들리에와 라즈베리를 번갈아 가리켰다.

"으음— 지금 블루로즈 양이 방 안을 날아다닌 듯한 느낌이 드는데⋯⋯."

"존슨."

애슐리가 쓴웃음을 지으며 친구의 이름을 불렀다.

"고민을 들어주겠다고 했었지?"

존슨은 프록크로에서 경관도 데리고 와 있었다. 우선 자신이 볼트의 얼굴을 확인해야겠다고 생각한 존슨은 그들을 현관 앞에 대기시켰던 것이다.

생각지도 못한 체포극에 파티에 온 사람들은 흥분하며 이례적인 여흥이라고 크게 기뻐했다. 모두가 현관에 나와 볼트가 경관에게 연행되는 모습을 구경하고 있었다.

손님들로 현관이 북적이던 그때, 새로운 손님의 마차가 들어왔다. 내린 사람은 젊은 남자였다.

"초대장을 가지고 계십니까?"

집사가 그 남자에게 정중히 물었다. 남자는 아무래도 파티 손님으로는 보이지 않았다. 실크해트도 쓰지 않았고, 코트도 입고 있지 않았다. 줄무늬 정장에 볼러해트를 쓴, 격식을 차려야 하는 장소에는 결코 적합하지 않은 차림새였다.

"미안하네. 초대장은 가지고 있지 않지만— 마이크로프트 카마인을 만나고 싶네."

"죄송합니다만 오늘은 안주인님의 생신 파티라서."

"그렇다면 내가 큰 선물을 가지고 온 거로군. 어쨌든 마이크로프트를 불러주게."

경관에게 볼트를 넘기고 돌아오던 존슨은 집사와 젊은 남자가 입씨름을 하는 모습을 보았다. 그 순간, 존슨이 입을 힘껏 벌리고 외쳤다.

"스테판 캠벨!"

그 큰 목소리에 손님들은 깜짝 놀라며 존슨을 돌아보았다. 그런 손님들의 시선에도 아랑곳하지 않고 존슨은 젊은 남자의 곁으로 달려갔다.

"스테판! 어째서 자네가 여기에—"

"존슨! 다행이로군. 이 집사가 마이크로프트를 만나게 해주질 않아."

"자네가 여기에 있다는 건 혹시."

스테판은 활짝 웃으며 주머니에서 손수건 꾸러미를 꺼냈다.

"깜짝 놀랄 만한 선물이라네!"

애슐리와 라즈베리는 에반젤린 앞에서 고개를 떨어뜨리고 있었다. 지금 막 모든 진실을 털어놓은 참이었다.

라즈베리는 에반젤린의 심장이 멎지 않을까 조마조마했지만 그녀는 의외로 침착하게 아들의 고백을 받아들였다.

"그랬구나…… 블루로즈는 마부인 알버트와…….'

"죄송합니다, 어머님."

애슐리는 씁쓸한 목소리로 사죄했다.

"제 불찰로 카마인가를 이런 상태로 몰아가고 말았습니다."

"내가 충격을 받은 건 그게 아니란다."

에반젤린은 고개를 저었다.

"친딸과 다른 집 딸을 구별하지 못했던 게 충격이란다."

"용서해 주세요, 어머…… 사모님."

라즈베리는 무릎을 꿇고 양손을 모았다.

"애슐리님은 잘못이 없어요. 어머님의 건강을 염려해서 한 일이에요!"

"라즈베리라고 했죠."

"네."

라즈베리는 참회하는 신도처럼 머리를 깊이 조아렸다.

"어제, 엘리자베스가 말했던 서커스 곡예사 아가씨로군요."

"네. 거짓말을 해서 죄송해요."

고개를 숙인 라즈베리를 바라보던 에반젤린은 천천히 소파에서 일어났다.

"이제 그렇게 사과하지 않아도 괜찮아요, 라즈베리."

에반젤린이 머리를 가볍게 만지자 라즈베리는 고개를 들었다. 에반젤린은 상냥하게 웃으며 그녀를 내려다보고 있었다.

"당신도 블루로즈를 만났나요?"

"네. 사모님."

"그 아이가 행복해 보였나요?"

"네!"

라즈베리의 대답에 에반젤린은 고개를 끄덕였다.

"그렇다면 됐어요……. 애슐리, 런던의 저택과 웨즐리의 저택, 땅도 전부 팔아서 빚을 갚도록 하렴. 우린 어딘가에 작은 집을 빌려서 다시 시작하도록 하자꾸나. 사치를 부리지 않으면 살아갈 수 있을 거야."

"어머님—"

애슐리가 에반젤린을 끌어안은 그때, 커다란 발소리가 복도에 뚜벅뚜벅 울려 퍼졌다.

"마이크로프트! 마이크로프트!"

달려온 것은 존슨이었다. 그 뒤에는 스테판도 함께였다. 애슐리는 두 사람을 보고 펄쩍 뛰어올랐다.

"스테판!"

스테판은 애슐리에게 달려와 그의 손을 잡았다.

"마이크로프트, 미안하네. 오랫동안 연락을 못해서! 하지만 이제 괜찮아! 이거 보게!"

그렇게 말하며 애슐리의 손에 손수건에 담겨 있던 내용물을 굴렸다.

"이건—"

갓난아이의 주먹만큼 커다란 금덩이었다.

"병을 앓기도 했고, 토지의 권리 다툼을 하느라 연락을 할 수 없었다네. 하지만 금은 찾았어, 우린 억만장자야!"

"해냈어, 마이크로프트."

존슨이 커다란 손으로 애슐리와 스테판의 등을 퍽퍽 두드렸다. 애슐리는 라즈베리가, 그리고 아마도 그의 어머니도 들은 적 없을 만큼 큰 소리를 내며 친구들을 끌어안았다.

"고맙네, 스테판! 고마워, 존슨!"

입을 떡하니 벌린 두 여자를 뒤로하고 세 남자는 큰 소리로 떠들며 펄쩍 뛰었다.

댄스파티가 다시 열렸다. 체포극의 여흥이 가라앉자 손님들은 또다시 홀에서 춤을 즐겼다.

그런 그들 중에서도 가장 즐겁고 우아하게 춤을 추고 있는 사람은 애슐리와 라즈베리였다.

에반젤린의 뜻으로 우선 이 파티에서 라즈베리는 블루로즈로서 행동하기로 했다. 그리고 뒷날에 프록크로에 블루로즈를 데리러 가서 알버트의 일을 정식으로 의논하기로 결정했다.

미국인과의 약혼 이야기가 없던 일이 된다면 블루로즈도 가출이라는 무모한 행동은 하지 않을 것이다.

"넌 내가 바보 같겠지, 라즈베리."

애슐리가 라즈베리에게 속삭였다.

"그렇지. 꼼짝없이 속아서 블루로즈님을 불행하게 할 뻔했잖아."

"빚 생각으로 머리가 가득했으니 말이야…… 그린의 꿍꿍이를 간파하지 못하다니…… 정말 내가 어리석었어."

둘은 홀에서 춤을 추며 빙글빙글 돌았다.

"하지만…… 날 넘기지 않을 거라고 말해줘서 기뻤어."

"넌 내 심장이니까."

애슐리는 춤추며 라즈베리를 테라스 쪽으로 유도했다. 시끌벅적한 웃음소리와 음악 소리가 들려오는 밝은 홀에서, 달빛만이 비쳐 드는 테라스로 나갔다.

먼저 와 있던 손님이 있었지만 애슐리가 나오자 그들은 가볍게 인사를 하고 홀로 돌아갔다.

"라즈베리."

가느다란 허리를 끌어안고 애슐리가 속삭였다.

"금광이 손에 들어왔으니 빚도 갚을 수 있을 거야. 조만간 카마인가를 다시 일으킬 수 있겠지."

"응. 정말 다행이야."

"그렇게 되면…… 그."

애슐리는 가볍게 헛기침을 했다. 바람이 나뭇잎을 살랑살랑 흔들었고 구름이 달 위를 흘러갔다.

달빛이 비칠 때마다 애슐리의 금발이 빛났다.

"그러니까 카마인가를 다시 일으키게 되면 말이야."

"응."

"……이번엔 백작 영애가 아니라 백작부인이 되어 보지

않을래?"

"—응?"

라즈베리는 놀라서 애슐리를 올려다보았다.

"그 말은 에반젤린님의 대역을 하라는 뜻이야?"

"아니야."

애슐리는 고개를 털썩 떨어뜨렸다.

"그러니까— 나와—"

어느새 음악이 멎어 있었다. 애슐리는 라즈베리의 손을 꼭 잡았다.

"결혼해 줬으면 좋겠어."

라즈베리는 숨을 머금었다. 애슐리와 연인이 되고 싶다고는 생각했지만, 결혼까지는 바라지 않았다. 아니, 처음부터 무리라고 생각했다. 백작과 서커스 곡예사였기 때문이다—

"무리야."

라즈베리는 떨리는 목소리로 말했다.

"신분 차이도 정도가 있지."

"그런 건 어떻게든 할 수 있어."

몸을 떼려고 하는 라즈베리의 손을 애슐리가 세게 끌어당겼다.

"내 지인 중에서도 평민의 딸을 아내로 얻은 귀족이 있어. 친척들이 반대하면 아는 분의 양녀가 되는 방법도 있고."

"저, 정말이야?"

"심장에게 거짓말은 하지 않아."

애슐리는 라즈베리의 손을 양손으로 잡고 키스했다.

"맹세할게."

"아, 애슐리—"

라즈베리는 애슐리를 부둥켜안았다.

"꿈같아! 이렇게 행복해도 될까?"

"꿈이 아니야."

"빚을 갚고 카마인가를 다시 일으키면 결혼— 저기, 그
건 언제야?"

"음, 삼 년쯤 후일까."

도서실에서 사이좋게 셰익스피어의 책을 읽고 있던 콜린
과 존슨의 곁으로 라즈베리가 또각또각 달려왔다.

"어, 무슨 일이지?"

존슨이 고개를 들자 라즈베리가 와앙 하고 울기 시작했
다.

"들어봐요! 애슐리는 나빠요! 청혼을 한 주제에 삼 년이
나 기다리래요!"

"뭐어?"

그 뒤로 애슐리가 달려왔다.

"라즈베리, 이야기를 들어봐."

"싫어! 사람을 기대하게 만들고 삼 년이나 기다리라니!"

"가문을 다시 일으켜 세우는 건 힘든 일이야. 삼 년 정도는 기다려 줘!"

"나 할머니가 될지도 몰라!"

존슨과 콜린의 주변을 빙글빙글 돌며 라즈베리와 애슐리가 술래잡기를 시작했다. 그곳에 와인 병을 끌어안고 스테판이 다가왔다.

"오오, 떠들썩하군. 나도 끼워줘."

"마이크로프트, 삼 년이나 숙녀를 기다리게 하는 건 상식에 벗어나는 일일세."

"하지만 확실히 해결해야지."

"으앙! 애슐리는 바보야! 벽창호!"

스테판은 잔에 와인을 따라서 모두에게 건넸다.

"어찌 됐든 건배하자고. 우리의 미래와 희망에."

라즈베리도 잔을 받아 들었지만 아직 애슐리를 흘겨보고 있었다. 애슐리는 곤란한 얼굴로, 그러나 숨길 수 없는 웃음을 띠고 있었다. 콜린과 존슨, 스테판도 웃고 있었다.

"애슐리는 못됐어. 당신이 하는 말을 내가 거절하지 못한다는 걸 알고 있으면서."

입술을 뾰로통하게 내민 라즈베리의 잔에 애슐리가 잔을 쨍강 부딪쳤다.

"사랑해. 나의 귀여운 라즈베리. 넌 내가 이제 싫어졌어?"

"그런 게 아니야!"

라즈베리는 애슐리를 껴안았다.

"사랑해, 나의 금빛 왕자님! 영원히 같이 있어줘!"

존슨과 스테판이 박수를 쳤다. 라즈베리와 애슐리는 꼭 끌어안은 채 행복한 옛날이야기처럼 키스를 나누었다.

『베리 베리 라즈베리와 거짓말쟁이 백작』 끝

작가 후기

안녕하세요. 『베리 베리 라즈베리와 거짓말쟁이 백작』 어떠셨나요? 출판사에서 출간을 제안했을 때부터, 빅토리아 시대의 로맨스라는 주제는 이미 결정되어 있었지만 내용의 방향이 좀처럼 잡히지 않았습니다.

처음에 세운 플롯에는 죽은 사람과 유령이 등장하는 호러 미스터리 장르가 가미되어 있기도 했고, 주인공이 싸우는 장면이 좀 더 등장하기도 했지만 편집자 회의를 거쳐서 이번 같은 작품이 탄생했습니다. 라즈베리의 성격도 작품을 쓰는 사이에 조금씩 달라졌고 애슐리의 마음에 변화가 일기도 하여 작품 전체가 성장하고 있는 느낌이 되었습니다.

빅토리아 시대를 작품의 배경으로 결정한 후부터는 배경에 대해선 거짓을 쓰지 않도록 주의를 기울였습니다. 영국 빅토리아 시대는 대중에게 널리 알려진 시대이므로 속임수가 통할 리 없다고 생각하기도 했지만, 그것보다는 소설의 배경을 정했다면 저 자신도 가능한 한 정확하게 그려내고 싶었기 때문입니다. 단, 실제 지명을 미묘하게 변형한 부분이 있습니다.

서두에 등장하는 '마스홀 가든즈'의 실제 모델은 '복스홀 가든'이지만, 라즈베리가 공중그네를 타는 시대(1890년 무렵)에는 이미 폐쇄되었기에 이름을 변경했습니다. 그 외에도 애슐리가 통치하는 웨즐리나 이웃마을인 프록크로도 실제로는 존재하지 않습니다. 배경의 느낌은 예전에 여행했던 윈더미어와 맨체스터를 떠올리며 묘사했습니다.

이번 작품의 일러스트는 아키나 논 씨에게 부탁했습니다. 편집자로부터 러프 스케치를 받아 보는 것이 큰 즐거움이었습니다. 귀엽고 씩씩한 라즈베리와 멋지고 세련된 애슐리가 생각했던 대로 탄생하여 기뻤습니다.

귀여운 라즈베리와 자상한 애슐리는 이 작품의 저자인 저 또한 좋아하는 두 캐릭터입니다. 결혼으로 향하는 길은 아직 험난할 것 같지만 반드시 행복해졌으면 하는 커플입니다. 기회가 된다면 이 둘의 이야기를 또 쓰고 싶습니다.

수많은 러브스토리 중에서 이 책을 손에 든 독자 여러분에게 정말 감사드립니다. 재밌게 읽어 주신다면 저자로서 더할 나위 없이 기쁠 것입니다.

시라유키 마소호

역자 후기
제목만큼이나 생기발랄한 『베리베리 라즈베리와 거짓말쟁이 백작』

『베리 베리 라즈베리와 거짓말쟁이 백작』은 등장인물의 이름만큼이나 생기발랄할 작품이었기에 여느 작품보다 더욱 즐겁게 작업할 수 있었습니다. 라즈베리, 블루로즈, 자꾸 되뇌다 보면 새콤달콤하고 알싸한 향기가 입안에 가득 퍼지는 느낌이 든다고 할까요. 여러분은 그렇지 않나요?

집에서 작업을 하다 보면 계절과 상관없는 시간을 보내게 됩니다. 특히 작업량이 많을 때는 집에 콕 틀어박혀서 오랫동안 나가지 못할 때가 많은데 그럴 땐 바깥 시간과 작업 공간의 시간이 다르게 흘러가는 느낌이 들곤 합니다(특히 요즘처럼 날씨가 쌀쌀해서 창문을 꽁꽁 닫아놓고 작업할 때는 더욱 그러하지요). 작업을 끝낸 후 문을 활짝 열고 밖을 내다

보면 마치 시간 여행을 온 듯한 느낌이 든답니다. 하지만 작업 스트레스(?)로 생긴 흰머리와 잔주름이 시간은 정직하게 흐른다는 사실을 잔인하게 증명해 주지요. ㅠ.ㅠ

이번 작품은 서커스단 공중그네 곡예사라는 설정 자체도 굉장히 흥미롭지만 중간 중간에 등장하는 사건들이 작품의 재미를 더해줍니다. 특히 등장인물들의 개성이 또렷해서 표현하는 재미가 쏠쏠했답니다. 반면에 개성이 또렷해서 표현하기 까다로웠던 부분도 있었지만, 그러한 작품일수록 작업을 마치면 보람이 더 큰 법이지요.

작가 후기에 쓰여 있듯 라즈베리와 애슐리의 이야기를 다시 한 번 더 다루는 건 어떨까 하는 생각이 듭니다. 두 사람의 이야기가 이대로 끝나는 건 아쉽기도 하니까요. 앞으로 두 사람이 넘어야 할 고비가 더 남아 있는 듯하니 그 이야기를 다루면 어떨까요? 언젠가 기회가 된다면 이 두 사람의 이야기로 독자 여러분과 다시 만나게 되길 바랍니다.

김하나

TL 로맨스 원고 공모

한국 TL을 선도해 나가는
AIN-FIN 메르헨-엘르 노블에서
뜨겁고 은밀한 사랑 이야기를 찾습니다.

장르 : TL 로맨스(현대, 판타지, 시대물 무관)
분량 : 200자 원고지 기준 700매 내외

보내주실 곳 : ainandfin@naver.com

채택되신 작품은 계약 후 교정 작업을 거쳐 정식 출간됩니다!

많은 참여 부탁드립니다.